邱新荣 著

史·诗

——邱新荣历史抒情诗精选

SHI·SHI

SHI·SHI

史·诗

邱新荣的历史抒情诗，像是一座没有墙的博物馆，从古老的神话时代开始，逐一呈现着人们熟悉的各种器物、人物、历史事件和积累着时间性的地点。这些诗篇的呈现又不同于博物馆，因为这些器物和人物都被诗的书写再次唤醒。

黄河出版传媒集团
宁夏人民出版社

图书在版编目(CIP)数据

史·诗：邱新荣历史抒情诗精选 / 邱新荣著. —银川：宁夏人民出版社，2012.6
ISBN 978-7-227-05229-6

Ⅰ.①史… Ⅱ.①邱… Ⅲ.①抒情诗—诗集—中国—当代 Ⅳ.①I227.2

中国版本图书馆 CIP 数据核字（2012）第 127200 号

史·诗——邱新荣历史抒情诗精选　　　　　　　　　邱新荣　著

责任编辑　陈　晶
封面设计　项思雨
责任印制　丁　佳

黄河出版传媒集团
宁夏人民出版社　出版发行

地　　址　银川市北京东路 139 号出版大厦(750001)
网　　址　http://www.yrpubm.com
网上书店　http://www.hh-book.com
电子信箱　renminshe@yrpubm.com
邮购电话　0951-5044614
经　　销　全国新华书店
印刷装订　宁夏捷诚彩色印务有限公司

开本　720mm×980mm　1/16　　印张　28　　字数　330 千
印刷委托书号　（宁）0011568　　印数　1400 册
版次　2012 年 6 月第 1 版　　印次　2012 年 6 月第 1 次印刷
书号　ISBN 978-7-227-05229-6/I·1333

定价　38.00 元

作者　2008年6月于台湾阿里山

让这错金铭文念我

耿占春

邱新荣的历史抒情诗，像是一座没有墙的博物馆，从古老的神话时代开始，逐一呈现着人们熟悉的各种器物、人物、历史事件和积累着时间性的地点。这些诗篇的呈现又不同于博物馆，因为这些器物和人物都被诗的书写再次唤醒。

在诗人眼里，众多的器物所呈现的并非仅仅只是神话与传说的历史，而首先是一部生活史。对任何一种器物，诗人都从最初的功能来描绘它、从原初场景来呈现它：

> 锄地的日子
> 　你醒着
> 那时　河姆渡
> 　沁满了露滴
> 土地的凝滞被叩动
> 　遂松软 遂容纳了种子（《醒来吧　骨制的锄头》）

诗人这样想象一把石镰的原初场景："粮食的颗粒/离它不远/在附近简易的场院/它的梦做在月亮里"（《八千年前 有一把石镰》）。只有诗的想象产生着时间的可逆性，而锄头最终"歇息在土地里"，"回不成兽的胛骨/回不去没有开刃时的日子"。诗人唱着时间的哀歌。对诗人而言，任何一件完整的器物都已经是历史与时间的一个碎片，它完整的生活语境已经消散。诗人这样描写一只郑伯盘:"有河水在流着/流在坦坦的郑伯盘/那是一个段落一个片段"——

      有不知名姓的人们走着
      走在战争中
      走向井田
      走过桑树下
      走进河湾
      用他们的脚步和民歌
       稀释了那些庙堂的庄严(《郑伯盘　郑伯盘》)

    诗人所描写的器物已经是一种遗物,一种属于业已消失的生活现象。器物是过往世界的一个踪迹,一种沉默的见证。人们通常看见了实在的器物,却没有像诗人这样看见其中所包含的缺失现象。器物的意义恰好在于它标志着历史世界的缺失与在场。历史的世界缺失了,然而又以器物的形式继续在场。艺术使生活世界获得了形式上的永恒。诗人在"捧起莲鹤方壶"时明白:

      谁能捧起一座巍峨的山
      还有那么幽深的溪谷
      那么多的虫鸣
      那么多的红叶起舞

    这里的描述是双向的,既是对造型繁复的莲鹤方壶的描写,也是在描写莲鹤方壶所归属的那个已经消失的完整世界,它的时辰,它出生于其中的那个时刻与地点。在器物作为失落现象的时刻,诗人描述的是它的生成,它的黎明。

    当然诗人知道诗复现、还原世界的有限性,知道历史中那已经丢失或损坏的,更多的时刻,诗人是在通过存在着的器物、借助似乎进入了永恒的器物描写着一种缺失现象,一种已经消逝的生活世界的现象学:

一只埙
　　　丢失了两片憨厚的嘴唇
　　一只埙在暗夜里
　　　吹响了荒凉的风
　　一只埙
　　　睁着孤独的眼睛
　　　看天上的星星(《藏在风中的一只陶埙》)

　　器物是一种遗物,是原初世界和原始场景的一个遗迹,因此,器物作为原始符号,可以由我们观看并解读,并由诗歌唤醒它最初的时辰。与锄头这样一些具有原始生活场景与真实功能的器物不同,祖先亦为我们留下了一开始就是符号的器物。

　　真实的鹰　早已消失在
　　　古老的翅膀中
　　只有你　一只几千年不变的玉鹰(《古老的一只玉鹰》)

　　其他的鹰　早已远去
　　甚至　飞进了《诗经》
　　羽翼成文
　　掌脚生韵(《那只待飞的玉鹰》)

　　不同于人类日常生活史所留下的器物,有一些器物从一开始就是一个符号、一个模仿、一种魔法、一个形象、一种观念,它们的出现一开始就是观念史中的一个事件。诗人猜测,这些不具有日常生活功能的器物背负着关于美的使命。

　　庆幸一只鹰的不曾飞去
　　庆幸时光在玉鹰上的高贵和圆润

庆幸岁月在一双闭拢的翅膀中安详

庆幸没有那种为了抢夺天空的竞争（《古老的一只玉
鹰》）

面对这些珍贵的遗存，诗人不需要考据它们是否具有礼器的
意味或其他宗教功能，诗人仅仅需要瞩目于器物"美的使命"。《蠕
蠕玉蚕》几乎就是一首关于玉蚕的古歌谣的绝妙仿制："曾记/采桑
手/拂玉/柔美三千年/又记/冰肤切/怀玉/温沁三千年"。

似乎这些器物隐秘的使命直至今日才抵达我们：

面对着商代的玉蚕

就是面对着玉一样通体透明的

会说温润之语的诗篇

面对着无须考证的

一个远古的唱古歌谣的春天（《面对着商代的玉

蚕》）

邱新荣的历史抒情诗中关于器物的篇章，为我们提供了一种
独特的眼光，提供了一个独特的美学时刻，这种眼光和这个时刻意
味着美的醒来，他在《把大腹陶罐的美喊醒》中吁请我们，"喊醒它
腹中的那汪湖水/以及它的自斟自饮/遂见/岸边的花打着伞/ 来听
掠过湖面的雨声"——

而喊不醒的

是那些假寐的夔纹

走不出自己所营造的迷宫

沉湎于扭动的梦境

它们试图在梦境中

把更多的美喊醒（《把大腹陶罐的美喊醒》）

在诗人看来，美就是事物的灵魂。这里有着更深入一层的美的

含义:那些"假寐的夔纹",具有象征主义的抽象的"夔纹"是介于事物的形象与文字之间的一种表达媒介。"纹"是"象"的解域,是形象的抽象化,借此表征某种理念的世界。通常而言,抽象的纹总是与更神秘的意志有关,而不属于一个纯粹的可知世界。诗人表达了对"夔纹"的精准的认知:"它们试图在梦境中,把更多的美喊醒。"

如果那些作为遗物的器物曾经有过一个宗教的灵魂,一个权力的灵魂,一个盟誓的灵魂,或一个符咒的灵魂,那么今天,诗人真正能够唤醒的,就是器物之美的灵魂。器物在权力、礼仪与政治领域的功用早已消散,只有它的美、它丰盈的形式之美、它的象征意蕴、它片断的叙事性传递下来。《散氏盘片断》这样写道:

> 腹内的文字　跳动着
> 　很朴拙　很古典
> 散氏盘中间
> 曾经的疆域契约
> 　几乎溢出泛清的盘面
> 　还原成微笑的计谋
> 　和暴躁的呐喊

诗人面对着散氏盘,"被艺术的光泽所抚摸/遂生幸福之感"。从器物的原始功能而言,它们或许涉及宗教礼制、信仰、政治、权力、战争与劳作等等,其间不乏计谋、权力的设计,这些如今被称为文化的事物从背面见证着野蛮、暴力、疯狂,然而随着时间的流逝,这些器物发生了自身的"解域"或"脱域",器物从自身原始的功用中脱身出来,融入另一种关于艺术的历史进程。因此,诗人不仅描写了散氏盘传递至今的艺术魅力,他还以人类学的眼光赋予美的形式以更深沉的使命:

> 人是一只曾经的古猿
> 　进化迟钝
> 　成熟缓慢

在散氏盘前啊
　　一种线条的美丽
　　　和章法的丰满……

　　诗人从中看到美，"比我们的惊叹/早产生了几千年"。面对这些器物，诗人并不想钩沉它的故事，描述它曾经具有的庆典仪式上的礼器功能，诗人只是为着这些器物的美而陶醉。虽然最初的造型艺术与其所具有的抽象纹饰与罕见的叙事性表象都不具有孤立的艺术意义，艺术的东西最初总是与宗教礼制有关，在它的宗教礼制功能之外过分追求其艺术性，常常会受到"淫巧"的指责，然而像莲鹤方壶这样的登峰造极之作，却产生自受到指责的"郑声淫"的艺术氛围里。

　　诗人在他所描绘的器物中，格外突出的则是其艺术与美的人类学价值。人类社会不仅在道德规范中进化，更需要在对美的事物的创造与艺术形制的感知中脱离其原始的动物性。"我在它的形制中沉溺/我扑向它成熟的青铜/我用目光抚摸它的灵魂/我觉得自己已是千年长成的锈/拼命地要浸入它的深层"（《为大丰簋而发疯》）。

　　以至于有时诗人就像陷入一场疯狂的爱，对美的可能消失的命运充满担忧："这美丽秀雅的金文字/会在一个春天的早晨醒来/被绿草唤醒的记忆/会长出强劲的双翅/忽扇扇/鸟一样飞去"（《对虢季子白盘的忧虑》），他担忧"时间会做梦并从盘上撤离/会带走她的凤冠和霞帔"，他担忧虢季子白盘会"在某个阴雨天会发脾气"——

　　　那么　雷电中
　　会流出西周人的血
　　　还有呐喊声
　　　　还有洗濯时水的絮语（《对虢季子白盘的忧虑》）

　　在许多篇章，诗人描述着这些器物生成时刻的景观，一种活生生的事物以何种形式进入了器物的纹饰、图像与景观。诗人描写了植物的纹饰进入青铜,"桑蚕纹在春夜里/爬上了美丽的青铜尊"那一创造历史与文明的时刻,朴素的人们在创造历史的时刻。(《桑蚕纹 爬上来一只青铜尊》),诗人渴望写出一个器物的"前世今生":

> 雁鱼灯的前世今生
>   是一只雁在窥视着鱼
>   还是一条鱼
>   识破了雁的内心
> 或者 雁和鱼都感到天黑了
>   需要一盏古老的灯
>   还是 一盏灯成老翁
>   于笠下 观雁鱼的互换角色(《雁鱼灯》)

在这些诗篇中,诗人渴望通过这些器物,一窥美的生成之奥秘,洞察器物的文明内涵和生活经验的内蕴藏。正如诗人在另一首诗中所说:"在一只彩陶器前的眩晕 是目光颤动于一种文明的震惊"。

在诗人看来,这些器物正是"美为自己歌唱":"美是涉过季节的一缕目光/美是一种形体对思维的打磨"。因此,在邱新荣的这些关于器物的诗篇中,器物最终成为一个审美主体,用以塑造人类的思想与感受。在《让这些青铜铭文来阅读我们的眼睛》《芍陂》等篇章中也表达了事物成为审美主体的意愿。

这一表达实在具有一种人类学意义。

> 让这错金铭文念我
> 将我念成一阵风
> 我在春秋的黄昏
>   轰鸣成一口激越的钟
> ......
> 白云在稻田里开花
> 芹菜生长在天穹(《让这错金铭文念我》)

"让这错金铭文念我/将我念成诗意的人"。邱新荣的历史抒情诗中不仅有着这些关于器物的诗篇，还有一系列关于众多的历史人物、关于历史事件与历史性地点的诗章，还有着涉及人类社会生活诸如驯养、种植、居住如《夏小正　夏小正》这样一些具有人类学意义的诗篇，相信这些诗篇中的每一项都具备值得探究的意义，都会构成一种独特的历史叙事与历史抒情。即使是关于器物的诗篇，也还有大量包含着权力批判主题的作品，就像诗人在《控告这些铁钳和铁锤》中所说，"几千年后的控告/算不得太迟/残酷的铁钳和铁锤/留给了我们太多伤痛的记忆"，这些批判性而非赞美的诗篇同样具有重要或许更为重要的诗学意义，限于一个序文的篇幅，这里不便逐一论及。

我们暂且回到诗人邱新荣对《大美六艺》的称颂声中，把人类社会创造的一切器物之美视为对诗本身的颂扬，历史再次融入了诗歌：

　　　　无法离开诗的鼓舞
　　　　　和激励
　　　　无法离开那些沉思
　　　　　和讽喻
　　　　诗塑造了我们的体温
　　　　　血液和肉体
　　　　……

目 录 MULU

目 录 MULU

目 录 MULU

目 录 MULU

开天辟地

时间　尚在懵懵懂懂地偷懒
　　还不曾找到惺忪的外衣
一切都成黏合状　赤裸着
　　封闭而死寂
原生态的混沌
　　无法接受太阳的梳理

在久远的岁月之前　天地
　　是一只浑圆的鸡蛋
　　　　没有一丝神话的缝隙

而他　一个不经父母孕育的奇迹
一个在天地中存在了一万八千年的盘古氏
在第一时间　用第一动作
　　立于天地
一日九变　以亘古之力
　　推天以邈远
　　沉地以平实

拨时光以流动
拓空间以无际

又是一个一万八千年
一万八千年的开天
一万八千年的辟地
终于是天地人的合一
终于是原始的大道生一
终于　终于是一个古英雄
　　因不懈的努力
　　　而劳累而吐血
　　　　而横亘在天地

他的左眼变成了太阳
（太阳的金手指撕裂了黑色的死寂）
他的右眼变成了月亮
（月亮的衣裙挂在了每一个树枝）
他的隆起部位成为了高山
（高山的流水日夜向西）
他的头发飞上天空　成为星星
（星星流着伤感的泪滴）
他的胡须四散开去　成为草木
（草木涂抹一地碧绿）
他的血液流成了宽阔的江河
（江河为他唱起了永远的安魂曲）

他的精髓变成了珍珠美玉

（珍珠和美玉的脸颊上沁满了散不开的沉思）

他的呼吸成风云　他的呐喊成雷霆

（龙虎从风云　雷霆声彻千里）

他的汗水呵　他的汗水冲天而起

　成甘露　成细雨

　　悠悠万代

　　　滋润着人类全部的历史

呵　盘古开天

蓝色的天空上白云纯净无比

盘古辟地

大地上　开始演绎出无数

　讲不完的故事

呵　盘古开天

诞生在我们愿望中的奇迹

天开盘古而开天

地辟盘古而辟地

史·诗

邱新荣历史抒情诗精选

扶桑汤谷兮

怀念我们的母亲呵
那个叫羲和的女子
童话的身体
神话的笑意
生十个孩子　十个太阳
十颗亮晶晶的原始

斯时　东南海之外
汤谷水温适宜
我们是太阳　在无人地带
　做目中无人的沐浴
附近的桑叶们也爱上了蝉嘶
蝉鸣声中
　我们融化了自己的影子……

此是古东方大地
（是要做一次切实的投胎后
　方能降临的大地）

土地的清新被储存在语言中
风的羽衣正轻轻振翅

我们沐浴
做一次全裸体的沐浴
金箭已投壶
激情已炼成云霓
我们洗净了全身　在东方
在一个有民谣摇响的土地

我们有着不曾有的干净
因为我们已在扶桑汤谷沐浴
是扶桑的桑枝把我们轻轻扶起
暖暖的温浴
　几乎使我们舒服得忘了五更的啼鸡
是悠悠的蝉唱
　帮我们穿上了红红的霞衣
呵　母亲放我们在汤谷
　给我们做东方式的施洗

怀念我们的母亲呵
怀念那个叫羲和的女子
我们是太阳
是那种亮晶晶的原始
我们行走在天上后光芒万丈

我们在汤谷沐浴时
扶桑叶儿只把我们当成
　光屁股露牛牛的
　　东方赤子

后羿射日

当所有的灾难都降临时
后羿走出神话
从古汉语里
　挽起了先帝赐予的彤弓
九支素矰箭冲天而起
九颗咆哮的太阳受到毁灭性的打击

古老的中国大地
禾稼不再焦草木不再死
　人民有所食

然后　拂去赞美的词句
箭入袋　弓舒弦
在一片欢呼声中
后羿朝着期待的微笑走去

跨进家门却发现
心爱的嫦娥

耐不住人间的孤寂
乘长风舒广袖
奔遥远的月宫而去
去寻找属于自己的日子

对着婆娑的桂影
后羿拉响了无箭的弦
男子汉
赢得起
也输得起

奔月的嫦娥

其实　你没有负心
没有辜负那个英雄的后羿
你只是好奇
好奇真有不死药
　　能让人永远存世
你是女人　你多疑
你怀疑不死药的效力
但又担忧它的真实
万一是真实　被后羿所吃
那么你所爱的人
飘然飞去
你将如何面对神话中孤单的日子
你甚至怀疑
怀疑不死药的不怀好意
若后羿所服
那美丽的男性将在自己的面前消失

于是　于是你先尝　你先试

你用一个女性的无私
　去制造一个结局

但是　但是
神话的药
　　却也存在着真实
你飘飞成一朵云
　　无法控制自己
衣袖里藏满了风
裙带上沾满了云絮
彩霞飞上了你的脸颊
露珠滋润着你的贝齿
你的呼唤已无人听见
你的身不由己
　　已被地面上世俗的目光肆意扭曲

你是月亮中唯一的公主
你的爱情最终无枝可栖
月宫中的桂树寒彻肌肤
你向谁去哭泣

呵　永远失去的爱呵
呵　那彤弓射下九日的后羿

共工怒撞不周山

太阳圆圆地说　何必
星星闪闪地说　何必
河流扭扭捏捏地说　何必
连草虫　草虫也叽叽地说　何必
何必以自己的生命
　去做那么一次有争议的撞击
以至于　将一则神话
　撞出了晴天霹雳
以至于　不曾流过的血
　总被人以血的方式提起

然则　我还是要撞过去
向着不平
　向着不周山那些道貌岸然的山石
我的愤懑我知道
局外者　有谁真正理解英雄本人的
　那股英雄之气

在古老的岁月中
　　体味着农耕的乐趣
将泛滥的流水蓄起
　　让部众享受润泽的水利
何罪之有呵
那才是一种何必

我失败在一种政治的诡计
谣言让我威信扫地
说平整土地会得罪鬼神
（难道鬼神就不喜欢平坦的土地）
说兴修水利会伤害地气
（难道地气总是那亘古不变的凝滞）

结果　我失去了道义
（哼哼　道义总是与权力连在一起）
我和所有的英雄们一样
演绎了一场英雄们自己的悲剧

于是　我撞过去
向着不周山撞过去

最后的一眼
　　是那种最欣慰的记忆
群星自西升起

万水却匆匆向东流去

我为人间　用生命

　　兴修了一项最大的水利

舞起你的干戚吧　永远的刑天

你所谓的反叛
就是一种人格的坚持
　以及自尊的复原
是颈项对刀头的藐视
是鲜血对酷刑的吟啸和白眼
是心灵对于压迫的傲慢

所以你被杀
被杀在一种模糊的传说之前
血液没有被记载　你不曾有乞求的媚眼

你只是倔强地倒下
倒成了不屈的刑天
双乳成双目
喷射着反抗的火焰
肚脐成嘴巴
一刻也不停反抗的呐喊
你的抗争本身就是一种反叛

是生命对强权的撞击
是人性的一次优美的震颤

舞动你永远的干戚吧
永远的刑天
在你倒下去的地方
种子启程在你谱过曲的春天
丰收的年景和犁头
　也酣睡在你歌唱过的秋天
而反抗　是一种你的存在
是历史的血色浪漫

史·诗
邱新荣历史抒情诗精选

郎牵牛　女织锦

好残酷的一条天河
哗啦啦　流一河的星辰

郎在河那边　牵牛
　牵的可是牛的眼睛
（蓝天里的草　空前的嫩
嫩得可听见潺潺水声）

郎的眼中起了雾
牵牛郎　盼秋天的情人节
涉浅浅天河　过鹊桥
　去抚摸织女的声音

河这边　响满天的机杼声
（绵绵的声音
银色的声音）
一双素手扯不尽柔丝　丝
　是千万年的幽怨　是呻吟

织出的锦

　　已做了朝霞在东天

　　已做了晚霞在黄昏

郎呀　将你的影子织成锦

丝丝绵绵的　总是

　你那缥缈的身影

郎牵牛在河这边

河边汹涌着宝石的星星

女织锦在河那边

织机下流过耀眼的星群

郎呀　牵牛下凡尘

凡间绿草如毡如茵

凡间的河远没有天河那样无情

青梅竹马两相印

牛郎的心

　就是织女的心

妹呀　投胎在人生

（在东方的人生）

一架织机你织锦

早晨我在你身边

我是透过窗纱的绿风

夜晚我在你身边

我是不倦的香油灯

那时　只有我们
那时让牛逃出缰绳
索性把织机　随咿呀声
　也织进那片最娇艳的锦

愚公移山

不管是移开两座山
还是建造一段口传的寓言
　都需要有坚强的信念
脚步的抽泣
若经霜之红叶　在王屋山
　在太行山　翻卷

而对于路　对于坦途
对于外面世界的期盼
　则不停地煎熬着曾经的心愿
（那种心愿存在于诞生天地之前）

不需要聪明
无需那种通达和慵懒
需要的　只是脚踏在实地上
以绵延的节奏　以愚顽
　一锹一石地苦干
寒来暑往怎的

经年来回又何干
悠长的血脉坚忍地流传
子子孙孙无穷尽也
无尽的子孙无穷地挖山

不需要太多的聪明者呵
因为面前阻挡着真实的大山
聪明人太多
就有太多的聪明浮言
而现实　是挖山
是叩石击壤的苦干
且聪明中夹杂的嘲讽太多
嘲讽　曾使多少中国人英雄气短
而现在　是挖山
是子子孙孙无穷匮也的坚守
　和岁岁年年的不可阻拦

是哪一种声音
（以千万年后的悠闲）
劝你走出去　走出封闭的观念
但却忽略了你梦中的浪漫
忽略了你开拓的境界
忽略了你精神所造就的通坦
忽略了那通坦带给后人的理念　·

终于　是汗水的呼喊
　　感动了气喘吁吁的上天
（其实　是感动了一篇思路清晰的寓言）
外面的世界　缤纷赤裸着
　　走到了你的面前
从你的眼睛里
　　移开了两座障目的大山
夕阳下　你背夕阳而站
用真实的语言
　　拉扯着真实的儿女出山

山外　正稻麦千里
　　蛙声一片

史·诗

邱新荣历史抒情诗精选

精致的长江

这是一条温暖的江
　　宽厚而仁慈
它在所有的水域
　　收集太阳　月亮　星光
然后分娩出河两岸
　　数不清的渔歌和花香
许多的稻花依着它
　　静静地梳妆

遂见　稻花的雪白
　　就像女人的雪白
　　　丰腴地　斜倚在它咿呀的桨旁
它把有韵的钟声翻转过来
　　拍击成了江南悠悠的小巷
它让杏花天
　　闪成了蓝底白花的南国衣裳
它让千里的莺啼
　　在酒旗上醺醺地晃荡

北国的草　踮脚
　　向它的南岸张望
望见小村里的鱼
　　跳成了天上的月亮
南国风　操吴侬软语
　　张一眼玉门关
　　　便多情得泪眼汪汪

呵　这是长江
是油纸伞下的长江
是鲈鱼莼菜里的长江
是雄黄酒中的长江
是油菜花上的长江
是二十四桥下的长江
是烟雨里的长江
是一张千眼渔网
　　想网也网不住的长江

长江很长　一走
便走千里万里
且搀扶着许多
　　微醉的亮亮的池塘
长江却很内敛
内敛成古老的七绝
（一首浓缩易懂的诗行）

醒来吧　骨制的锄头

锄地的日子
　　你醒着
那时　河姆渡
　　沁满了露滴
土地的凝滞被叩动
　　遂松软　遂容纳了种子

你弯腰弓背地走过
种太阳成花朵
种月亮成瓜蒂
种一束晨光
　　成香香的粟米
水稻被你种得心花怒放
　　在水里　找不着自己浅浅的影子

你锄地
吭哧吭哧地锄地
骨头地锄地

锄地筋骨松软
地在春天伸懒腰
　　备下一身地力
你锄地
锄得天空湿润
　　在庄稼的渴望中
　　　　下一场透彻的好雨
你锄地　鱼
　　在远处的池塘中听你的力气
鸟　在附近的林中
　　看你的热汗淋漓
所有的粮食根系
　　都统一在你的起起落落里
　　　　破土而出　擎千万朵花
　　　　　要把种子长在秋天里

后来的日子
　　你睡了　歇息
　　　歇息在土地里
（那该是用劲太猛
　　你泳进了古老的厚土里）
但你回不去
回不成兽的胛骨
回不去没有开刃时的日子

史·诗
邱新荣历史抒情诗精选

醒来吧　骨制的锄头
在骨头上芭蕾地旋律
来唱一首老歌
　唱光阴的故事

驯养——一个童话的篇章

一条无依无靠的狗
走进原始部落走进童话的篇章
美丽的嗅觉嗅到了人性的芬芳
人类第一个忠实的朋友
警惕的眼神拂过远古洪荒

然后是牛　那种不曾改变的沉默
被改良成了可以反刍夜草的目光
马被一群捕兽器们围截住
响鼻上又被挂上了最原始的铃铛
而羊呢　那些曾经的野羊
最终落进了呐喊构筑的栅栏
羊绒瘫软　羊毛上泛着驯服的光
鹿的犄角也走进了畜牧业
它们的眼睛反而少了些微喘的惊慌

千万年后　我们掀开了遗址
掀开了那些化石的沧桑

一股久远的喧闹
带着兽类的尿臊开始苍茫
许多的蹄印跑动了起来
许多的安静又有了慌张
腐烂的眼神蓦然复活
家养动物的王国鸡翅飞扬
鹅的足下复原了湖水
鸭子在清波中不停地亮掌
鱼吹起的气泡
飘满了池塘
肥胖的猪们
有意识地炫耀着自己的肥胖
小白兔在冬天的故事中掏洞
鸽子把归巢的晚霞
带回了草房

呵　驯养呵驯养
驯养改变了时光中的桀骜
驯养使人类的欲望插上了五彩的翅膀

油菜　葫芦　甜瓜

一

油菜花开得很早

早于还未形成的半坡遗址

早于那些单纯的炊烟

早于那些尖顶的屋子

油菜花在大地上将自己

　打扮得金光耀眼时

蜂蝶才刚刚开始穿上花衣

顺手

　偷走了一些甜蜜

油菜开花　春风

还是一群过客和游子

油菜结籽　油菜籽

香香地　香透了自己

二

葫芦挂在河姆渡
独木舟已远逝
只有秋风在葫芦上打滑
　滑成沉沉的蜜意

那葫芦　是河姆渡
　俏皮的手指
拈一籽于土中
扯藤蔓于柔丝
布风雨于树杈
挂圆润于所有的时日

葫芦挂在河姆渡
葫芦的腹中
藏着河姆渡文化
　真正的心事

三

甜瓜喊甜
喊在良渚文化遗址
甜腔甜调
甜甜的苦日子

蔓秧儿探头
说清明后的第一场雨
叶片儿拍掌
说良渚美好的天气
向甜进军的路从未被阻断
甜瓜苦苦跋涉
　将甜进行到底

最怕秋天
怕那收获的日子
　来得太迟
喊甜的甜瓜负担太重
载不动　太多的蜜

智慧　在一只尖顶瓶上欢笑

是谁　把重心原理运用得
　　惟妙惟肖
一只尖顶瓶
　　在半坡遗址中以陶的本能憨笑

被汲过的水
　　有古代的鱼儿嬉闹
简单的纹饰线条
　　也突破了时间的阻挠
　　　把我们惊奇的目光拥抱

可以考证的蓝风
　　在瓶腹上曾经萦绕
可以提取的雨踪
　　曾在瓶尖上日渐衰老
一只纤细的手
　　从来就不曾受过任何干扰
　　　在红霞飞艳的傍晚

将湿漉漉的心事起锚

一只尖顶瓶呵
　　存在于美丽中的一种蹊跷
一只尖顶瓶
　　在概念之外奔跑
双耳做永远的竖立
　　倾听着雷电在天空中的咆哮
一只尖顶瓶
　　从未打算做犹豫的浮飘
　　　一头扎进最深的时光隧道
　　　做平朴的汲取
　　　　汲取那种美的崇高

呵　一只尖顶瓶呵
大肚能容容奥妙
智慧　在尖顶瓶上欢笑
激情　在智慧中燃烧

史·诗

邱新荣历史抒情诗精选

八千年前　有一把石镰

八千年前　有一把石镰
　　作青春状　在庄稼地里撒欢
它的锋刃正昂首阔步
　　一往无前
粟米的浪　已经偃伏
　　成为它反刍的晚宴
它的斗笠戴在人的头上
蟋蟀　正替它出汗
水流怕被它割破手指
　　悄悄地　绕道田边

八千年前　有一把石镰
　　作成熟状　抽原始的旱烟
它的眼睛目中无人
　　只有收获的快感
粮食的颗粒　离它不远
　　在附近简易的场院
它的梦做在月亮里

蟾蜍　正为它发言
浓雾怕被它伤了脚趾
　　偷偷地　爬上了树尖

八千年前　有一把石镰
　　在保刃　在做无原则的浪漫
它知道自己是老大
知道植物们都接受它的召呼

八千年前　有一把石镰
　　在耍大　把老资格摆上了天
它知道　八千年后　有身价
　　它会被供在历史博物馆

史·诗
邱新荣历史抒情诗精选

水稻在梳妆

水稻在梳妆
在久远的古代
她是自己的亲娘
碧水是它的镜子
她把自己的花
　梳在自己的头上

水稻在梳妆
她是自己的配偶
不嫁
不会去做别人的新娘
她梳妆
梳银河水满天汪洋
梳星星成星光
梳得脚下流水
　光光亮亮
甚至　梳响一片
　鼓鼓的蛙唱

水稻在梳妆
她的发髻
　有自己的模样
暖暖的风是一条飘带
　缠绵在她的腰上
水稻在梳妆
梳一朵花
　开在自己头上

呵　水稻在梳妆
梳妆在五千年前
梳妆在人类年轻的时光
妆后的水稻
是多子多福的
　雪白的母亲形象

一只双连壶说

真的　不骗你们
我被祖先的手抟造抚摸
（可惜　我不知道他们的姓名
只知道　他们的眼睛里
　亮着沉默的火）
他们缔造了我
我和我的花纹都活着
而他们
　却在几千年前离开了我

我们不知道自己的独特
不知道连体意味着什么
只知道　春天的时候
　春风挟香吹过
我们身上的花纹会复活
并且挣扎着想开出花朵
而大地的泥土也在呼喊
呼唤我们的肌肉和褐色

要它们归宗
要它们更加生动活泼

真的　我告诉你们说
我们丢失的东西太多
我们丢失了曾经的夏夜
我们丢失了自己的兄弟
我们丢失了属于自己的岁月
我们丢失了创造者无名的手指
我们丢失了最古老的原始民歌

而现在　我们活着
我们活着是因为
　要对你们说
我们说最早的陶
我们说最初的画模
我们说线条的力量
我们说煅过火的颜色

我们说　我们说
曾经有一条河
　在一天晚上　从民歌
　　和星星中间穿过
　　　并影响过我们的风格

一件牙雕

一件牙雕的醒来
　　是在一个露水喧闹的早晨
河姆渡遗址
　　已被文明的目光
　　　浸润了全身
时间　也已被剔除干净
只有光洁
只有圆润
只有牙雕本身
　　抚摸着裸露的野风

一只鸟
在象牙上睁着
　　并不存在的眼睛
一柄象牙
在鸟的羽翅下
　　拢不住汩汩的春风
所有的线条都跃跃欲试

准备飞出那种无助的考证

河姆渡的一件牙雕
　是一只鸟光洁无垠的梦
牙雕上的一只鸟
　是一根象牙甜蜜的伤痛

史·诗
邱新荣历史抒情诗精选

崇拜　曾使我们失去得那么多

曾经的闪电
　肆虐在天空
　　在几万年前
　　　把它恐惧的利剑
　　　　刺进人类的双眼
一连串呵一连串的不解
　击倒了我们的祖先
他们连同自己生长的岁月一起跪下
　跪在一种盲目的崇拜里边

后来　是洪水的咆哮
是风带来的灾难
　紧紧地压制着人类的尊严
人类又一次次弯下了腰板
崇拜一种莫名其妙
崇拜一种难言
甚至崇拜麻木
崇拜着那种由无知而生的肆无忌惮

呵　曾经的崇拜
　　使我们失去得那么多　失去得那么可怜
在一条小河的面前
　　我们失去了横渡的肝胆
在真诚面前
　　我们失去了几分宝贵的无遮无拦
在乌云之下
　　我们失去了仰视蓝天的浪漫
在探索之中
　　我们失去了一些无法表述的勇敢

我们的失去是因为曾经跪下
我们的跪下
　　是因为我们崇拜了那些空洞的却从未认真剖析
　　　过的内涵

呵　曾经的崇拜使我们失去得那么多
我们失去了一些直率
失去了一些思维的超前
失去了一些美丽的执著
失去了金子般宝贵的敢为人先

呵　崇拜
是一条沉重的锁链

曾让我们失去了高度
崇拜　带给我们的
　是一种沉重的羁绊

美为自己唱歌

美为自己唱歌

唱一支艰难历程的歌

美是年轻的态势

美是阳光下河面上的清波

美从原始森林的缝隙中隐约闪烁

美开始装饰母性们的羞涩

美是涉过季节的一缕目光

美是一种形体对思维的打磨

美是初始的人类对简单追求的手工操作

美在石头上唱光滑的歌

　　唱尺寸和比例的歌

美在花朵上唱颜色的歌

　　唱露珠的歌

美在农具上唱赏心悦目的歌

　　唱圆润的歌

美的歌声在情感的护持下

成为美的歌
歌声穿过石孔
石孔上有了美的精确
歌声从骨柄上划过
横亘的符号
　　也具有了美的规模

美为自己唱歌呵
美的歌声所留下的痕迹
　　气势辽阔
美在时间中
　　进行着优美的穿梭
美对一切都做着善良的抚摸
它雕琢过的兽骨
　　微笑的花纹使狰狞剥落
它穿刺过的海蚶壳
　　成熟的线条上软语私切

呵　美为自己唱歌
为古老的岁月唱歌

在一只彩陶前的眩晕

在一只彩陶器前的眩晕
　是惊讶于那种彩色的执著与认真
千万年的守持
守持着一种专心致志的童贞
守持着色彩的专一和深沉
在自我的守持中沉陷
沉陷成一抹稳健的淡红

淡淡的女儿红
淡淡的酡颜红
淡淡的夕阳红

不事雕琢的红呵
不虚张声势的安详
不故弄玄虚的从容
不倚强凌弱的本分

被岁月的色彩所冲击

被岁月的色酒所浸润
心醉神迷后的这一刻
　是一阵惬意的眩晕
一种没有逻辑的眩晕
没有必然的连接
　却存在着无法阻隔的沟通
一种富有弹性的心领神会
一种从未分离过的重逢

在一只彩陶器前的眩晕
是目光颤动于一种文明的震惊
色彩在陶器上翩跹
陶器在色彩中抒情

藏在风中的一只陶埙

一只埙　远古的
　陶埙
藏在粉红色的风中
风　藏在如泣如诉的幽咽中
幽咽　藏在陶土的
　孔洞中
孔洞　藏在
　开合的手指中
手指　藏在岁月
　永久的沉默中

一只埙
　丢失了两片憨厚的嘴唇
一只埙在暗夜里
　吹响了荒凉的风
一只埙
　睁着孤独的眼睛
　　看天上的星星

做发光的梦

一只埙　将陇头流水
　　吹出了铮鸣
它的耳朵听见　五千年
　　文明整装启程的声音

一只埙
远古的陶埙
　　被身旁的蟋蟀唤醒
一只埙
　　唤醒了粉红色的风
那阵风　让幽咽
　　变成了黄昏
黄昏　藏进了无言的孔洞
孔洞唤醒了音乐
音乐　推着手指
　　和潺湲的河水
　　　弄春风　弄月影

敲响那陶响铃

敲响那陶响铃
让节奏自己跳舞
让春风推醒远古的
　芳草丛
敲响那陶响铃
敲响时间最敏感的
　那根神经
把远古的晚会也敲醒
敲醒赤裸的火
　呐喊　以及脚步声

这是一只陶响铃
是可以让春风瞬间妩媚的陶响铃
是可以让河流发情的陶响铃
是可以让空山凝思的陶响铃
是自己陶醉在自己的响铃声中
　而找不着家门的陶响铃

敲响陶响铃
用眼睛去敲
敲一片朝霞和光明
用耳朵去敲
敲出万籁中最神秘的声音
用灵魂去敲
敲出心灵中的神圣和安宁

敲响陶响铃吧
那是一扇被时间
　忘了关住的记忆之门
敲响陶响铃吧
让它带我们回家
　回到一种纯净
　　回到一种真诚

关龙逢　收回你的心

史·诗

邱新荣历史抒情诗精选

收回你的心　关龙逢
关龙逢　收回你的心
一颗善良为民的心
　怎能交付暴君
一谏两谏三谏
暴君瘫软在酒杯边的手指
　轻轻一动
你便失去了忠烈的人生

早就应该告诉你　关龙逢
在专制的日子里
天平的分量上
君为重
臣为轻
巧言令色为上
忧国忧民
　已居于下风

暴君喜欢女人
是因为女人有美丽的面孔
　柔腻的皮肤
　　温存的絮语
　　　和愉悦男人的一切功能

暴君厌恶你
是因为你不合时宜的忠诚
你让美酒震颤
你让歌舞起皱纹
你的语言　有伤太平风景

在浮华的背后
你的骨鲠在喉犹如一根针
你一吐　就会失去多少
　虚假的笑声
你一吐　你忠诚
而君呢　就成了
　昏庸的暴君

所以　要杀你
杀你的语言
杀你忧伤的表情
杀你的忧国忧民
杀你辛勤操劳的

半夜三更
杀你的清廉
杀你的忠诚
杀你那颗能生万物的心
（杀一颗心
　看你还有几颗心）

故　收回你的心　关龙逢
关龙逢　收回你的心
　勿将人心付于兽心
　勿将忠心付于邪心
　勿将丹心付于黑心
　勿将伟大的心
　　交付给卑鄙的心

关龙逢　收回你的心

古老的一只玉鹰

真实的鹰　早已消失在
　　古老的翅膀中
只有你　一只几千年不变的玉鹰
　　带着曾经的眼神
（那种睥睨一切的神情）
从古　从那种人烟稀少的平静
　　飞到今
飞进色彩斑斓的春风

并不存在哲理
也没有历史的沉重
你是一只鹰　一只不在乎时间的鹰
飞与不飞无所谓
也并不执著于动与静
你只是保存了一种独立的形象
　　那种超然与从容

或许是一只原始的手的期盼

或许是一种沉思的初衷
或许是　或许
许多的假设都将无法生存
但存在着的
　　只是脊背上不老的秋风
　　　和秋风中关于美的
　　　　那种使命
　　　　　以及使命的沉重

我们　是一种庆幸
庆幸一只鹰的不曾飞去
庆幸时光在玉鹰上的高贵和圆润
庆幸岁月在一双闭拢的翅膀中安详
庆幸没有那种为了抢夺天空的竞争

我们必须面对一只玉鹰
面对它骚动的线条
面对它永恒的眼神
面对它的精彩
面对它古朴的冲动

我们必须面对一只玉鹰呵
一只玉鹰的神态中
　　有我们的初始和本能

夏小正　夏小正

从夏小正开始
我们有了暖暖的夏历
夏小正是农耕社会的掌纹
夏小正是夏人将严肃的心得
　念给未来的日子

夏小正说　正月时
蛰虫和着春泥
　从土里出来
　　触摸阳光的胡须
大雁向北飞去
　寻找旧巢
（那巢里有去年的衔泥）
鱼破了冰期
　用眼睛轻吁一口气
　　把气泡吹上天
　　　顺便吹一溜微绿
田鼠从洞里跑出

却找不到曾经的粮食

水獭捕鱼

捕出了一把剑

剑上有冬天的名字

韭菜长出来

且长出了一袭柔柔的春雨

柳树吐出一嘴芽

准备吹自己的柳笛

梅子不打算去酸

先开花先喷响响的粉鼻

李树着白裙

桃树穿红衣

夏小正说　斯时

农人们　准备侍弄你们的田地

夏小正说　二月时

要种黍米

（那黏稠的黍米）

羊羔从母胎里走出来

来创造自己的日子

渔网们要留意

捕来的鱼　会有

鱼死网破的鱼

摘一篮堇菜放锅里

锅里藏着最真实的日子

昆虫们又长活了皮
蜕下的　是旧的时日
燕子呢喃于檐下
筑巢筑出一窝毛茸茸的幼子
黄鹂鸟唱歌是唱别人
　还是唱自己
反正　唱不走的　总是
　芸豆那鲜肥的荚实

夏小正说　三月时
桑树有些急
　跃跃欲试自己的叶子
杨树抽出杨树枝
　却总也吹不成一腔柳笛
蝼蛄叫了
叫它自己的去
它叫它的
我们种我们自己的庄稼地
桐树开花了
闲了庭院的轻风无忌
　吹桐花舞成蝶翅
　　幽幽飞过墙去
斑鸠鸣叫
叫满天的情思
叫来新相识

却叫不来旧相知
夏小正说　斯时
开始养蚕　蚕
　会吐无尽的丝

夏小正说　四月时
蜻虫无意
　将蛤蟆早早叫起
池塘的波纹都喊绿
绿得星光满溢
园中的杏桃
　关不住出墙的花枝
鼓鼓　鼓满树的果子
　准备给夏天吃
夏小正说　斯时
出门远行要坐车
辕中　就驾那匹
　活蹦乱跳的小马驹

夏小正说　五月时
蝌蚪在作曲
　谱曲在懒洋洋的水塘里
小虫们无计划地乱生育
弄得季节里
　到处都是毛毛的虫翅

伯劳鸟叫了
叫得充满古意
不知是叫丈夫
还是叫儿子
叫出的　总是
　　那一个忧伤的调子
蝉鸣嘶嘶
撕大片的桑叶
撕开始发热的日子
撕人心的平静
　　成一个焦躁的口子
好在　有人煮梅子
梅子酸时
　　能煮满世界的清凉和闲逸
蓄兰草的是哪位女子呵
佩兰喷麝后
熏风　会扰扰轻袭
夏小正说　斯时
瓜可以吃
瓜甜　甜在自己的心里

夏小正说　六月时
把山桃煮一煮
　　预备着做冬食
冬天只有火

冬天没有万物发绿
鹰从天上飞下来
　　捕食
捕那些无辜的小鸡

夏小正说　七月时
芦苇开花
它的雪花没有寒意
小狐狸长大了
有了一张骄傲的毛皮
浮萍们将伞
　　从水面悄悄撑起
扫帚草成年了
　　想开始自己扫地
寒蝉们叫得好没生息
仿佛大家都欠它一件单衣
雨的珠子
　　直接洒在大地
有时是乒乓　有时是淅沥

夏小正说　八月
摘瓜时
　　也别忘了收那些
　　穿红袍的枣子
栗子呢　栗子

能炒出一个季节的香气
鹿在一次交配中
　　终于迎来了幼子
田鼠算是找到了粮食
找到时　也是在自己的洞里

夏小正说　九月
大雁终归南飞去
它的翅膀载不动
　　冬天带雪的天气
燕子升上天空
　　做没有告别的消失
各种野兽的地遁
　　并不影响菊
　　　举行自己富丽堂皇的婚礼
（菊花的心是有些着急
因为勤劳的人们
　　又开始播种逾冬的麦子）

夏小正说　十月时
把弓箭上的风擦掉
　　出门打猎去
兽的皮毛已有些臃肿
出猎　趁它们拖不动脂肪时
乌鸦的嘴

或高或低
　　又在念什么咒语
一身的黑白说不清
说不清的
　　是把日子拖进黑暗的长夜里

夏小正说　十一月时
狩猎　应该是一部分人的事
让弓箭在架上睡觉
　　放松忙活了一秋的身体
麋鹿把它们的角又坠到哪里呵
无角的鹿　总是有些形象变异
商旅们　把那些船帆和驼铃
　　高高挂起
冬天的火　才是真正的日子
让道路们　自己封闭自己
守冬蓄积　正是为了出门时

夏小正说　十二月时
鹭鸟总是那么固执
在山川
在树枝
它是想叫一些鸟兽来陪伴自己
但此时
昆虫入地

进入有露水的梦里
鸷鸟叫着　叫得固执
叫来了睁着眼睛的渔网
破冰　捕水下惊恐的鱼

呵　从夏小正开始
我们有了暖暖的夏历
太阳才在露珠中怀孕
星星才在天空结籽

那只待飞的玉鹰

在期待什么　那玉鹰
是期待渐老的桑枝
还是期待西周那古老的风
蓄势待发　蓄下的
　可是先民那种宽博的精神

（其他的鹰　早已远去
甚至　飞进了《诗经》
羽翼成文
掌脚生韵）

而这只　这玉鹰
敛翅静立三千年　三千年
　敛下玉质的宁静
线条张扬
头角峥嵘
以神韵　制造
　一种不可颠覆的永恒

这玉鹰　是一种
　　无法考证的深沉
这玉鹰　是否
　　还不曾捕捉到那种
　　　从不曾有过的物种

这玉鹰　在等
三千年后　还在等
不捕则已　捕
　　则捕个石破天惊

商代跪式玉人

是谁让你跪下了身子
是一种凶残的目光
是一种冷血的暴力
是那种刺骨的寒冷
还是一口简单的饭食

总之　你在岁月中屈膝
而且　久久地　久久地
任怎么扶　也扶不起

你是跪给天
还是跪给地
天之邈远制造了许多神秘
而神秘又带来了迷信的暴力
（暴力　将你按倒在大地）
地之辽阔也带来了说不清的恐惧
（而恐惧
　　又将你击倒在大地）

或许　或许
你跪给了一屁俩响的权力
跪向了那种信口雌黄
跪向了那种喷着酒气的无耻

你在跪　长跪不起
　且将自己跪成了玉
光环的温润
　以及附着的华丽
　　又怎能与人的自尊
　　　和高贵相比
当英雄屈下了双膝时
　世间肯定
　　　少了许多理直气壮的勇气
况且　况且
跪着的身姿
　怎能摆明正直
人为的卑贱
　又如何阐述道理

一个玉人　长跪不起
人性的尊严也随之委地

面对着商代的玉蚕

面对着商代的玉蚕
　　就是面对着玉一样通体透明的
　　　会说温润之语的诗篇
面对着无须考证的
　　一个远古的唱古歌谣的春天
（春天里　桑叶的绿
　　是一种水湄边的悄悄
　　　是一种可大面积张扬的无言）

而蚕的歌喉由此启程
要唱许多的现实和浪漫
要唱一种蠕蠕
要唱一种绵绵
要唱一种蠕蠕绵绵后
　　谁也无法扯　那种谁也扯不断
扯不断呵　扯不断的
　　是岁月的相连
　　连一个带露的早晨

连一个黄昏的彩霞无边
连桑间濮上的无拘
连那些无名的情感
甚至　甚至可以
连那些裸体的狂野
那些星空的经典
那些完美
那些令人神往的缺憾

而今　是一只玉蚕
一只将时间击破了的玉蚕
仰卧于掌
仰卧于那种来自神秘的坦然
说丝说绸
说一只玉手的纤纤
一直把春夜
说成了一件纺织品的呢喃

一只玉蚕
以藐视宏阔的气魄
仰卧于玲珑
仰卧于精致的悠闲
仰卧于纯真
仰卧于谁也无法动摇的傲慢

肥肥的豕尊

这种玩笑只有你能开
你把自己长成了肥肥的豕尊
且在三千年前　且是肥肥的青铜

没了毛发
我便找不到千年前
　　撒野的风
没了风
我便找不到
　　在春天里跳舞的草丛
我便找不到
　　秋天里成熟的大森林
而没了大森林
我又如何在远古的火塘里
　　去寻找那会唱童话的声音

呵　肥肥的豕尊呵
他们在你身上

装饰了花纹
他们是用你盛酒
　或是代表一种心情
甚至　他们会让一只鸟
　在你背上望风
甚至他们将你的嘴巴
　做了适度的调整
　　做了艺术的改正
他们只希望你是一只
　闪闪发光的器皿

但没了哼哼
我便找不到
　你苦难的历程
没了憨厚
我便找不到
　你广大的族群
没有了丑陋
我便找不到你
　原来的英俊

这种玩笑也只有你能开
你把自己长成了肥肥的豕尊
且在三千年前　且是青铜

馥馥周原

肥美雄壮的周原呵
　　饱含着大量的阳光和水分
劳动的号子中
　　溢出了野郁和雄性
古老的河无声地流着
　　把它的歌声和蛙鸣
　　　　泼洒在两岸
　　　　　　长成了抒情的野芹
远古的岐山
　　把它的黛色
　　　　耸立在时间之外的一种深沉
在它向阳的坡面上
　　有处子般的暖风
　　　　睁着明亮娴静的眼睛

先民们像遍野的花朵一样
　　四散开去　　构成了风景
他们的祈祷漫延着

化作了满天星星
成熟的土地
　陶醉在卜骨和钟鼎的花纹
美丽的辞章开始在深沉的黄土中唱歌
　充满诱惑
　　历久弥新

馥馥周原呵
肥美雄壮的周原
随意生长的一根野葱
　都调动过先人粗犷的味觉
　　引发了他们的灵感和激情
高大的社坛
典章制度中古朴的内容
　以及迎风招展的花丛
　　都使肥美的周原
　　　风格纯正
　　　　且充满了灵性

周原上的风
　再一次吹过来
　　吹亮了满天的星辰
那些斑驳的铭文
　以及铭文中的青铜
　　在地下闪烁着神秘的光晕

向我们展示着久远的过去
　展示着弥漫在河边的一个清新而充满情
　节的早晨
　　展示着那个早晨的青草和喧哗
　　　以及喧哗中的结盟

蠕蠕玉蚕

那玉蚕在蠕蠕　三千年
晶莹剔透　成蠕蠕玉蚕
噬中华绿桑三千年
吐绵延玉绿三千年
织锦绣岁月三千年
蠕蠕复蠕蠕　三千年

曾记　采桑手　拂玉
　柔美三千年
又记　冰肤切　怀玉
　温沁三千年
三千年的岁月玉化
三千年玉质容颜

三千年　桑树又桑田
食桑吐丝八万里
玉蠕蠕　蠕蠕玉蚕

（不蠕蠕的是那双眼
春蚕到死　死了
才尽丝　死了的
一样是这玉蚕）
玲珑三千年
夺目三千年

蠕蠕玉蚕
不死　三千年
三千年的蚕丝如歌
三千年　死茧
不死玉蚕

史·诗

邱新荣历史抒情诗精选

问九鼎

问九鼎
九鼎可是藏在历史的风中
（风的棉袄可不长羊毛
无法抵御刻骨的寒冷）

问九鼎
九鼎可是藏在钱币的花纹
（铜纹的花朵上不沁芬芳
留不住远古的蝴蝶和蜜蜂）

问九鼎
九鼎可是藏在民间的传闻
（民间的传闻没有篱笆
拦不住那群狂奔的九色鹿群）

问九鼎
九鼎可是藏在中原的厚土中
（厚厚的土层里故事太多

故事的情节　无法
　聚拢在一个家门）

问九鼎
问神秘的图案
　可是来自一种单纯
问九鼎
问婀娜的线条
　是否源于早期的迷信

问鼎中原
中原一片血色黄昏
问鼎今古
今古变成了中庸的古今

问九鼎
九鼎不答于沉默中
问九鼎
九鼎正被权利劫持
　满身伤痕

在毛公鼎前

时间　在一只鼎里
　　深居简出　徘徊不前
锈绿的喧嚣
　　已无枝可栖　已无可攀援
最初的初衷
　　被扭动的花纹所冲淡
两只铜立耳呵
　　久久地铜着
　　　且什么也已听不见

风的脚步　比春天的姿态
　　更体贴更柔软
溪水沉醉于红叶
　　不做鸣溅　只做静静的秋天
而对于一只鼎呢
一只负载过雪夜的岁月具象
一只夏季里临窗而踞的青铜典范
沉默　或许是

最恰当的庄严

所带来的哲理
　产生于没有制造哲理的打算
所具有的沧桑和美感
　也来自于最初服务于现实的肤浅
而一切的悬念
　皆源于千年前的并无悬念

只有那些文字
那些披挂整齐的大篆
　以贵族般的躯干
　　炫耀一些象形一些会意
　　　一些缝隙间不老的香烟
只有那些文字
　带着法度带着干练
　　甚至带着一些不成熟的浑圆
　　带着可爱的繁琐
　　　带着母亲一样的唠叨和周全
　　　向着迟到的放大镜
　　　　进行着认真的钻研
　　　　　以考据现代目光中
　　　　　一些羞怯的观点

散氏盘片断

腹内的文字　跳动着
　很朴拙　很古典
散氏盘中间
曾经的疆域契约
　几乎溢出泛清的盘面
　　还原成微笑的计谋
　　　和暴躁的呐喊

在散氏盘前
　被艺术的光泽所抚摸
　　遂生幸福之感
目光
　被拽回千年前的纷繁

在散氏盘前呵
　遂生惊恐之感
被青铜的冷峻所撞击
那些青涩的岁月

又燃起了粗糙的火焰

在散氏盘前
金文的手脚拉拉扯扯
将步履蹒跚的时间
　　拉扯得锈迹斑斑
在散氏盘前
人是一只曾经的古猿
　　进化迟钝
　　　成熟缓慢
在散氏盘前呵
一种线条的美丽
　　和章法的丰满
　　　比我们的惊叹
　　　　早产生了几千年

呵　在散氏盘前

史·诗
邱新荣历史抒情诗精选

为大丰簋而发疯

当这些铭文还在梦中
　　沉醉　当这些云纹们
　　　还在酒中舞动
当大丰簋还在烛光中
　　在庆功宴上得意的忘了祖宗
我却为大丰簋而痴狂
　　而发疯

我在它的形制中沉溺
我扑向它成熟的青铜
我用目光抚摸它的灵魂
我觉得自己已是千年长成的锈
　　拼命地要浸入它的深层

我不管它带血的故事
我无视它苍茫的背景
我只是发疯
我疯的是那种对美的跪拜

我疯的是那种对创造的情有独钟
我疯的是那种浴火后的经典
　失败后的成功
　　实物对精神的象征
　　　自信对骄傲的
　　　　裸体展现和冲动
我疯一种激情平复后的镇静

我为大丰簋发疯
为我们未必达到的高度发疯
为早于我们的智慧发疯
为盯驻在炉前的
　千年前的眼睛发疯
为永久的记忆而发疯

或许　再过一千年　看到它
　我还会发疯
为它疯狂的长寿而发疯

史·诗
邱新荣历史抒情诗精选

对虢季子白盘的忧虑

总担忧
这美丽秀雅的金文字
　会在一个春天的早晨醒来
被绿草唤醒的记忆
　会长出强劲的双翅
　　忽扇扇　鸟一样飞去
只留下这痴呆的青铜
　空守四壁

总担忧
这年老的青铜
　会在某个黄昏沉睡过去
洒落满身的文字
跌落进土地
成为捡不回来的失忆
让那些笨拙的功绩
　成为无魂的游子
　　失去了形体

总担忧

时间会做梦并从盘上撤离

会带走她的凤冠

  和霞帔

让这古老的盘成为混沌的裸体

神态蒙眬

目光凄迷

把昨天的路

  和明天的结局

    都丢失在草丛里

      而找不到自己

总担忧

虢季子白盘

在某个阴雨天会发脾气

那么 雷电中

会流出西周人的血

  还有呐喊声

    还有洗濯时水的絮语

缓缓地　铺开西周的竹简

铺开西周的竹简
要慢　要缓缓
否则　那些青铜器
　会掉下来　掉得
　　龙鳞斑斑
那些大篆们会跳起来
　且变得没有栅栏

这些壶那些盘
　早已在醇酒妇人中
　　醉得步履蹒跚
　　　挟灯而去　在岁月深处
　　　入土为安
只有龙凤纹总想飞起来
总想在熏风中
　飞得彩霞满天

铺开竹简

就铺开了八卦的幽玄

铺开了大黄钺的武断

铺开了战伐声

铺开了吐哺后的剩饭

铺开了沐浴时的心不在焉

铺开了礼的光彩

铺开了乐的辉煌与烂漫

铺开了箕子的脚印

铺开了理性的《洪范》

铺开了《诗经》之外的余篇

铺开了宣王的中兴

铺开了数百年的风萧萧

　　路漫漫

铺开西周的竹简

要慢　要缓缓

不要惊动了噬桑的那些蚕

（勤劳地蠕蠕后　将要

　　吐出了一个时代的丝茧）

铺开西周的竹简

要慢　要缓缓

把大腹陶罐的美喊醒

把这只大腹陶罐的美
　喊醒
喊醒它腹中的那汪湖水
　以及它的自斟自饮
遂见　岸边的花打着伞
　来听掠过湖面的雨声
遂有固执的独木舟从春秋而来
　驰进了目光中的迷蒙
遂有一袭情愁的红裙
　飘洒成渔歌
　　唱活了阳光下闪光的银鳞

把这只大腹陶罐的美喊醒
喊醒它窈窕的小口
（一阵窃窃私语带着永久的共鸣
　俯饮时间
　　品啜着无法老去的光阴）
它是美人微启的口

合沧桑之辙押天籁之韵

把这只大腹陶罐的美
　　喊醒
喊醒它的浑圆
喊醒它线条的细嫩
喊醒它皮肤上曾经的浴火
喊醒它自己推不开的家门
喊醒它的时候　一并
　　喊醒它摩擦过的
　　　　无数个银色的早晨
　　　　　　和金色的黄昏

而喊不醒的
　　是那些假寐的夔纹
走不出自己所营造的迷宫
沉湎于扭动的梦境
它们试图在梦境中
　　把更多的美喊醒

将一支排箫吹响

将一支排箫　吹响
遂有春秋时代的湖涌来
遂有千万只鹅
　长在湖面上
遂有鹅的眼中
　溢出了不老的春光

一支排箫　不经意地
　短短长长
　　炫耀着自己的声腔
它的音孔中
　栖居着彩色的凤凰
　　随时准备飞起来
　　　飞成百家争鸣的乐章

一支排箫　于数千年前
　便开始营造自己的沧桑
在皱纹中深沉

在古色中沁香
在一切的旋律里
　　构筑时间的分量

将这支春秋的排箫
　　吹响
吹响曾经的春夜
　　和春夜中发情的池塘
吹响那些冬眠的地毯
　　和地毯上舞步的踉跄
吹响那些犯困的几案
　　和几案上暴躁的奏章
吹响那些疲惫的裙裾
　　以及裙裾上无奈的芬芳

将一支排箫吹响呵
吹响后的排箫会飞
　　会飞成彩霞的模样

让一支排箫复活

让春秋的排箫　复活
复活成一绯衣人
复活成一支衣裙飘漾的歌
广阔的草原游荡着紫色的花朵
低矮的炊烟下
　河流抖动着清波
弥布的鸟声化成了蓝天
池塘　将古老的星星
　养育成了鱼虾的婆娑

让春秋的排箫　复活
复活成我们眼中最神秘的角落
复活成灵魂的富裕和阔绰

让春秋的排箫　复活
听过它从容的啁啾后
我们的目光才会闪烁

让春秋的排箫　复活
复活后的排箫能把春草
　风摆得舞姿婀娜

晏子走在出使的路上

在出使的路上
晏子　长袍舞风
目光　沉寂在严肃的秋色中
吱吱作响的路
　　时西时东
嗒嗒的马蹄被土石敲着
　　敲成了成熟的青铜编钟

晏子出使
用幽默和轻松
　　击退了楚人设置的狗门
登堂入室后　坐定
晏子坐定在楚国的都城
许多的辞令都闲着
　　闲成了待命的辞令
晏子不靠嘴巴打仗
晏子打仗
　　只用扇底那缕淡定的风

晏子出使
用比喻和笑容
　　面对恶意的挑衅
潇洒临风　临风
　　挺立在轩敞的庭中
用橘子和枳子的区分
　　击败了咄咄逼人的嘲弄
许多的智能都闲着
　　闲成了无用的智能
晏子不靠愤怒对阵
晏子对阵
　　靠胸中那颗从容的心

晏子出使
用忧患的眼神
　　杀掉骄逸误国的强横
三颗桃子摆进了永远的传闻
晏子要回家
《晏子春秋》中
　　有扇不关的家门

想起了曾经的临淄城

时间　并不能删节掉什么
包括那些设计时的沉吟
那些古朴的理念
　以及那些张扬无忌的光景
包括那垂钓的夕阳
　赤裸着　在河水中浅泳

从一管竽进入
（一管南郭先生吹奏的
　不和谐的竽音）
走进曾经的临淄城
遂见一篇夸张的寓言
　喧嚣着近海煮盐的声音
帷幕下弓腰而伏的风
　正翠色地　凝目　谛听
听少妇的纤指
　在十万古琴上　起舞
　　弄出高山流水的声音

击筑弹琴的呼啸
　　席卷过时间的角落
　　　让争斗的鸡
　　　　和奔跑的犬
　　　　　在许多反对淫逸骄奢的声音中
　　　　滑稽地造型
而六博的游戏也刚刚掷出
将古人惊诧的眼神
　　放大成今人惊恐的眼神

遂见临淄的路途
　　从车毂心弹出　延伸
　　　布满了金属和木料的声音
人们的肩膀呼吸着
在汗水的眼睛里摩击　呻吟
　　成为了丝绸成熟的窸窣声

是哪一只俏皮的手指
　　俏皮地指向古代无言的天空
呵呵　临淄城
临淄城里的便道连衽成帷举袂成幕
　　定格了一片古今风流的风景
粮食在瓮里或柜里喧闹
铜钱醉倒在每一次的宴席上
　　闲散地昏沉

在临淄城的排水遗址边
　听曾经讲学的声音
看见许多的竹简带着观点
　蹦跳着　参加百家争鸣
许多的策论变成了激动的策士
　铺陈着　章法着　干禄着
　　渴望进入君王们的眼睛

在临淄城城墙遗址上听秋风
秋风已长成可看的苔痕
　绿着　走着
　　把自己化成了
　　　宽阔而充满韧性的
　　　钟声

呵　时间并没有删节什么
并没有伤害伟大的临淄古城

牧归——给一枚人头金像饰

让夕阳挂在天边的野棘上吧
让它成为野草的果实
我们牧归
归回牛粪火的余香
归回满天星斗下的那种静谧
归回一牛角斛的美酒
归回一串长长的失眠
　和失眠后对眼前母亲河的
　　久久凝视

没有铃声的归途
　却有骨笛时时响起
有雀鸟儿的声音在草丛响起
有昏睡的河流的钟声响起
有幽幽的晚风
　在牛角悄悄响起

牧归

我们牧归在自己机警的眼睛里
牧归
我们牧归在自己沉默的胡须里
牧归
我们牧归在一件
　宝贵的头盔里

牧归呵　牧归
谁的牛谁牵去
谁的羊谁放回去
唯有我们这不羁的心呵
今晚　将归向何处去

终于　我们归于一种结局
我们是头像
我们是金子
我们是人头金像饰

但我们带露的小路在哪里
我们掬饮的小河在哪里
我们遥听的牧歌在哪里
我们渴慕的红裙在哪里
我们归家的路在哪里
路上的夕阳在哪里

牧归
却归向了一种
　血泪交织的生死别离

史·诗

邱新荣历史抒情诗精选

郑伯盘　郑伯盘

即使所有的意义都飞走
但郑伯盘
　　还是魅力的郑伯盘

文字　　正突破时间的阻拦
　　把粗拙质朴的手
　　　伸给我们
　　　　告诉我们曾经的风流浪漫

这是一种敞开和铺展
并不追求高大和浑圆
只是一味地敞着
把自己的胸怀
把自己的心田
把自己无拘无束的肝胆
　　敞开着
敞成了不深的城府
敞成了伟大的浅显

有河水在流着
流在坦坦的郑伯盘
那是一个段落一个片断
　冲破文字的堤坝
　　在绿色的春天发情　泛滥
有枫树向着黄昏
　向着秋天复原
　　穿过锈迹
　　　昭示那种古代的浪漫
有不知名姓的人们走着
走在战争中
走向井田
走过桑树下
走近河湾
用他们的脚步和民歌
　稀释了那些庙堂的庄严

即使所有的文字都死去
但郑伯盘
　还是年轻的郑伯盘
它是一种形象的坦荡
它不曾有过遮掩

会唱歌的漆器

会唱歌的漆器
去唱木头木讷的本质
唱绿色的风景后
　那种厚重
　那种瓷实
　那种男人一样的沉默不语
唱风在树荫里的歇息
唱火的影子
　在木纹里柔絮

会唱歌的漆器
去唱漆的原子和分子
唱温柔地融合后
　那种光泽
　那种质地
　那种情谊一样的如胶似漆
唱水在野火中沸腾
唱那种所有的光彩

起伏在憨厚的胎质

会唱歌的漆器
先唱一碗酒的柔蜜
唱浓烈的燃烧后
　　那种优雅
　　那种精致
　　那种流光溢彩的富裕
唱舞步在激情后的松弛
唱目光的力量
　　在岁月中的穿透力

会唱歌的漆器
唱自己滋润的身体
唱一种手感
唱一种无法颠覆的细腻

坐在田野里翻开《管子》

让充实的内涵
　　翻开意义
让意义
　　翻开木刻的文字
让文字翻升雕版
让雕版
　　翻开温柔的宣纸
让宣纸翻动我们的手指
让手指
　　翻动我们的思绪

坐在田野里
读《管子》的农业
粮食布满了天空大地
读自己是麦浪是稻米
　　和阳光一齐涌进了粮仓里
野花闲笑着
举着自己的酒具

斟满杯的月色和露滴
饮成秋天不羁的鲤鱼
池塘从蛙声中跑出来
跑成了喊不回来的小溪

坐在田野里　读《管子》
读出天上要下的雨
　　正是人体内要下的雨
读一阵风儿吹过
人的眼睛里飘来不散的云翳
朝霞是早起的人们胸中彩色的欣喜
黄昏是无数老人从容淡定的眼神
　　是一种付出后的惬意

坐在田野上　读《管子》
读日月辉映所昭示的节气
读行为举止所体现的律历
读到河水都长出了白帆
　　被贸易的风吹着
　　　　驰向千里

在田野边读《管子》
让思绪翻动手指
让手指翻动宣纸
让宣纸翻动雕版

让雕版翻开文字
让文字翻开内涵
让内涵
　　翻开我们自己

喊一声曹沫

喊一声曹沫
不要再做超越时代的
　犹豫和选择
大盗在盗土地在盗国
何曾见他们心慈过片刻
律令是控制百姓的律令
礼乐是限制他人的礼乐
掠尽天下财富
我是国　国即是我
率土之滨他所有
普天之下听他说

喊一声曹沫
靠前一步
按照历史中那样做
当语言无力的时候
掏出你的匕首
让它对强暴说

用锋刃说
用寒光说
用傲视一切的目光说
用宁折不弯的性格说
让卑劣的血在强者体内
变成懦弱的血
让傲横的目光
露出惊恐的卑怯

喊一声曹沫
让亮出的匕首
表现出更多的冷漠
在强盗出没的时候
温文尔雅
只是徒劳的软弱

喊一声曹沫
你就这样做
该亮剑的时候
就让锋刃去强迫
该收刀的时候
就用微笑去抚摸
可知　哪个英雄
不是曾经无忌的刀客

喏　铜柄铁剑

你说　三千年后再相见
让我喊你　铜柄铁剑
喊你铜铜的柄
喊你铁铁的身段
喊你凛凛的锋
喊你冰雪的光焰

你说　喊你
你便从刀锋下
　变出战马飞奔的大草原
你说　喊你
你会复原冷兵器时的呐喊
你说　喊你
你会创造一席鸿门宴
你说　英雄只在乎手中仗剑
英雄　不拘于场景的转换

果然是三千年

三千年后　你等我
　以铜铜的柄
　以铁铁的身段

我看不到你允诺的大草原
我听不到曾经的呐喊
我记不起记忆中的鸿门宴

你说　勿躁　稍安
今日英雄遍地
有枪　不要剑

喏　铜柄铁剑

让这些青铜铭文来阅读我们的眼睛

让这些青铜铭文
　来阅读我们的眼睛
它们会把我们的眼睛
　读出声音

这些铭文
读我们的眼睛成天空
天空的飞鸟旁边
　也飞着不羁的白云
（白云　是我们的古文字中
　没有记载的羊群）
这些铭文
读我们的眼睛成草丛
草丛中的蚱蜢　用歌声
　营造了自己的风景
地下的河水与天上的银河相连
结点　是闪亮的星星
这些铭文

读我们的眼睛成春风

春风在花朵旁

　　也开着光阴的家门

昨天的日子与今天相通

铭文读眼睛

眼睛读铭文

让这些青铜铭文

　　来阅读我们的眼睛

让我们的眼睛

　　成熟成青铜铭文

灞桥呵　让我折下一枝柳

这里　曾举起过多少告别的手
每只手里
　都握着一枝柔韧的灞桥柳
风入诗魂
雨化意境
灞桥呵　千年的嫩柳数得清
谁又能数得清千年的依恋中
　那些伤神的手

在汉朝　折你的柳
折柳的是将军的手
塞外功名千秋梦
一枝柳是一件洋洋的风流
将军西去不回头
玉门关内
红粉流泪
琵琶声幽
醉了的

是黄沙万里觅封侯
醒着的
　　却是玉砌栏干泪无休

在唐朝时折你
折你的　是诗人的手
掷笔从戎雪满路
一枝柳是一桩拓边的乡愁
诗人来去去又回
瀚海潮外
铁马铿锵
花香陇头
消失了
　　书生仗剑青海秋
留下了
　　葡萄美酒万古韵

在宋朝时折你
折你的　是歌女的手
红牙玉板长短句
一枝柳是一曲痴情的歌喉
曲终人散泪不收
绮陌红尘
晓风残月
霜冷洲头

高歌的是
　　大江东去浪淘尽
低吟的是
　　无情未必真英雄

呵　灞桥柳
今天折你
折你的　是迟到的手
满目春光柳色新
一枝柳就是一段无奈的怀旧
蜂飞蝶舞千万回
灞桥柳边
月光如水
思绪难收
忘记的
　　是红男绿女的来去匆匆
记住的
　　却是被灞柳折下的
　　　　多少泪流

灞桥呵　让我折下一枝柳

在那只纹豆上狩猎

在那圆圆鼓鼓的
　纹豆上狩猎
秋是高的　原野上
　花草在撒野
青铜的芳香是自己的呼吸
所有的星星都跑到了天界
只有那轮被箭追着的
　狼一样嚎叫的明月
　　孤独得有些胆怯

春天的故事
是这纹豆的底色
粮食的芬芳在秋天
　富足地喜悦
一只纹豆的纹
　是无数荷塘唱过的歌
所有的鱼
　都是静卧在青铜里的音乐

在一只纹豆上狩猎
律动的马蹄成为一种奔腾的自觉
飘飘的带子是风在飘飘地说
夸张的比喻是比例在丈量自己的行列

在一只纹豆上狩猎
纹豆却在时间中不停地穿越
纹豆是一只毛色古老的狐
它的颜色是红铜色

在一只纹豆上狩猎
一群惊恐的鸟
　　正从剑锋上飞过
老虎逃进了自己的皮毛
巨犀被线条俘获
鹿角上开出了梅花
鲜血以不流血的形式
　　表现着自我

介子推　从寒食节走过

曾经的记忆
是一件葛布衣
　　慢慢褪着颜色

而权力呢　权力
　　是遗忘　是纠合
　　是非求而不予
　　是眼前的利益组合

割股肉而救君饥
君饱食后　是冷漠
君的急需
　　是莺歌燕舞般的颂德
　　是拍马溜须的快乐
　　是目光迷离的拉拉扯扯

而介子推
　　则是血流后的伤口自行愈合

是苦笑后的难以言说
是老母亲的飘零白发
是一种拒绝势力后的
　被势力拒绝

介子推
　抗拒不了囊中羞涩
　　只有去卖鞋
（厨下无米是现实）
一双双鞋睁着失望的眼睛
介子推被困在
　失落的高贵
　　和高贵的失落

介子推贫穷得
　失去了灶下最后一捧火
介子推在古典里消瘦
介子推在故事里寂寞
介子推的希望是关于清廉的
　伦理领歌
（歌声有着几千年的苦涩）
介子推呵
介子推在山道上踟蹰
背上　是母亲苍苍白发的沉默

山中有野果
山中有清泉
野果可充千年饥
清泉可解万年渴
介子推背现实而去
现实中功名利禄的争吵
　　永远不曾停歇

介子推走进了寒食节
寒食节禁烟
寒食节禁火
寒食节把日子
　　过成了传说

介子推　　从寒食节走过
他知道
烟火后的寒食节
　　太现实　　太浑浊

织机在响

织机在响
响在美丽的提花间
提花图案飞扬
飞扬的提花有一只鸟
从天空飞到草地上

织机在响
响在棉花上
雪白的棉花吐一口白牙
喷满天的经纬成衣裳
衣裳的光泽
从棉布上
落到人的脸上

织机在响
响在机架上
机架的气势傲视古今
古往今来　温柔的力量

是最强势的力量

织机在响
响在蓝蓝的天上
天上飞过的一切鸟儿
都变成了凤凰
天上的太阳
在冬天　也穿上了一件暖暖的衣裳

织机在响
响在千百年人的目光
人的目光中迸跳着星星
星星也有棉织的衣服
挂在金色的池塘

织机在响
响在岁月的锋芒
岁月里有了一架织机
一切　都可以轻纺成希望

一具来自异域的玉雕人像

其实　你是我的兄长
三千年前　我们
　　共同在梦中放牧过牛羊

我们把蓝天放牧成了牧场
我们把河流放牧成了山冈
我们把蜜蜂放牧成了花香
我们把野狼放牧成了绵羊
我们把石头放牧成了太阳
我们放牧过的一切
　　都变得温暖驯良

深深的眼睛中
　　目光　是民歌
　　　　在自由自在地流浪
挺挺的鼻梁上
　　耸立着昔日的坚强

而今　你是一副玉的形象
一切都无忌地辐射着
一如三千年前
　　我们自己是自己的帝王

你微启的嘴中有呐喊
　　试图喊回那群
　　　跑进岩画的大角绵羊
你竖立的耳朵有声音
你在听　风起时
　　黄昏怎样在一支骨笛中吟唱

让我们回家吧
回到那被鱼儿掀翻了的池塘
在那金色的池塘
我们有愿　曾许诺
　　把草原上所有惆怅的目光
　　　都放牧成欢乐的海洋

用凤纹陶范操作

用凤纹陶范操作
　青铜器边的烈火
火的腰身扭动起来
　舞蹈得姿态婆娑
灼烈的激情在飞溅
　形象是火
　节奏是火
　美的元素　也是火

用凤纹陶范操作
　火舌下的纹路
纹路的翅膀飘动着
　飘动成永远的沉默
呐喊的沉默在诉说
　隆起是诉说
　偃伏是诉说
　无言的拒绝　也是诉说

用凤纹陶范操作
　凤纹陶范的操作
人的眼睛闪亮着
闪亮得青铜般执著
　光明是执著
　神情是执著
　深远的期盼　是执著

捧起莲鹤方壶

我无力　我是捧不起来的
无力捧起这繁茂的莲鹤方壶

谁能捧起一座巍峨的山
还有那么幽深的溪谷
那么多的虫鸣
那么多的红叶起舞

一只莲鹤方壶
带着岁月的沉重和古朴
居高临下地俯瞰着我
我已不堪重负

莲花开放时
池塘是在何时觉悟
青青莲子　莲子青如水
曾经的月色
　是否缠绵似乳

昔日的蛙跳跳成了蛙鼓
那一尾不远的渔舟
可否　被钓钩
　拉回了枫香的远古

鹤是哪一年
在这里安住
九皋之鸣
在雄姿中凝固
风老于翅中
翅中　可有航天的意图

我无力　我是捧不起来的
无力捧起这莲鹤方壶
谁能捧起一座城市
还有那匆匆的脚步
那么多花朵
那么多蓬勃的草木

但我有目光
目光是千年前的纯熟
只有相识的目光
才能举起这枝繁叶茂的
　莲鹤方壶

问鼎中原

鼎的丢失
已经很久远很久远
鼎要自己酿一杯酒
用自己曾经的辉煌和灿烂
但鼎的花纹已很昏聩
　拂不去战争带给它的疲倦

鼎被追逐时
它的躲避很艰难
在月色下
在车辙边
在贪婪的目光中
在那个固定不变的概念
甚至　在亢奋不已的竹简
鼎被问来问去
一问几千年

问它的是计谋

问它的是傲慢
问它的是刀枪
问它的　是肆无忌惮

鼎被攥来攥去
一会儿河流
一会儿山川
一会儿丛林
一会儿田间

鼎却紧急下潜
下潜在厚土中原

鼎在大声疾呼
快拿走我的象征
取掉那层人造的威严
要问就去问权
问权中原　更直接
莫再问鼎中原

青青的青瓷

三月的柳青
　在这里
　　在这青青的青瓷
（青青的青瓷上
　有一腔骑牛的牧笛
笛声里吹着一首唐诗
唐诗中　有一个诗人
　感伤着清明的细雨）
呵　青瓷　青青的青瓷
那沁人心脾的青
　入骨成记忆
那年轻气盛的青
　不是艳裙　自有魅力

八月的荷香
　在这里
　　在这青青的青瓷
（青青的青瓷上

有一片弄月的蛙语
蛙语里说着稻熟的故事
故事中　有一阵暗香
　浮动着　渐行渐细）
呵　青瓷　青青的青瓷
刻骨铭心的青
　飞天成追忆
那肆意无忌的青
　挟好风　无有涯际

傲雪的梅枝
　在这里
　　在这青青的青瓷
（青青的青瓷上
　有一缕隐约的春意
春意中　洋溢出融泥的气息
气息唤醒了萌芽的呼吸
呼吸间　春天开始起床穿衣
　准备出门去）

呵　青瓷　青青的青瓷
入胎是火畔泥土的唏嘘
出胎　则是青青的山冈青青的草
　青青的羞怯　青青的雅致

最早的青瓷器

我的眼睛
　发育在它的青色里
那是一片白雪覆盖下的冬麦
顽强地　把它的生命力
　青色给辽阔的大地

面对着这青青的青瓷
河流会解冻成乘风的桅杆
寒山会流淌成蠕动的兰溪
所有的冬眠者
　都会醒成弄月的绿枝

最早的青瓷器
　自己孕育了自己
　　在质地里孕育
　　在花纹中孕育
　　在青青的羞涩中孕育
甜蜜陶醉过自己

痛苦折磨过自己
一抹淡淡的从容后
　　青青的天空
　　青青的草地
　　青青的远山
　　青青的湖溪
　　青青的青瓷

我的目光
　　在它的青色中丢失
这是一次改变视觉的壮举
青色的兽
　　生长在我们的野山里
青色的鱼
　　畅游在我们的湖泊里
在这青青中　我们青色了自己
青青的青瓷是我们的路
我们　是青青的青瓷

芍陂　向我眼中张望

芍陂　在几千年前
　　对着太阳闪闪发光
所有的禾苗
　　都向它喊过万岁
所有的果实
　　都向它展示过丰收的芳香

而今　芍陂
　　向我眼中张望
想通过我的凝视
　　回眸曾经的辉煌

它看见了当年的鱼
　　都已飞在天上
几生几世的轮回后
　　成鸟　长出了飞翔的翅膀
而天空呢　天空被鱼儿游过后
　　已铺展在芍陂的身上

所有的白云都闲着
　　闲成了自嘲的渔网

芍陂　在向我的眼中张望
它想看
　　桅杆挂在帆上
　　帆挂在风上
　　风　挂在鸟的眼睛上

千年前的芍陂
　　在太阳下裸泳的日子太长
穿花戴草后
　　它没有穿过人间的衣裳
千年的舒缓流淌
它的清波
　　是自己永远年轻的面庞

芍陂　在向我眼中张望
它想着一顶古笠的迷惘
（那顶草帽戴在鱼竿上
　　正放任着自己的想象）

芍陂　在我眼中张望
它怕一张清醒的渔网
　　会把自己一网打尽

打出历史的苍茫
它愿意自己的丰富在表面简单
不起喧天激浪
它只想留下稻麦间
千年未变的幽香

史·诗

邱新荣历史抒情诗精选

让这错金铭文念我

让这错金铭文念我
将我念成一阵风
我在春秋的黄昏
　轰鸣成一口激越的钟
我创造一条河在钟声
鱼虾们鸣叫在树上
鸟兽们潜泳在池塘中

让这错金铭文念我
将我念成一颗星星
我流淌一条银河在天空
白云在稻田里开花
芹菜生长在天穹

让这错金铭文念我
将我念成一盏青铜灯
我在纱窗上点亮所有的光阴
桑树在微雨中鸡鸣

鸡鸣在蚕眼中产蛹

让这错金铭文念我
将我念成诗意的人
人在文字上错金
金　在人的眼中
　　将文字暖成御风的飞龙

蚕桑纹　爬上了一只青铜尊

月光轻轻地
　　在春夜里呢哝
枝叶俏俏地
　　在春色里弄影
春风柔柔地
　　在溪水边诱人
呵　蚕桑纹
蚕桑纹在春夜里
　　爬上了美丽的青铜尊

蚕桑纹爬上青铜尊
以它的秀绿袭人
幽幽的绿
绿得柔柔韧韧
绿得精精神神
绿得茧丝款款而下
如一条发情的河
　　不停地骚动着织机的声音

蚕桑纹爬上青铜尊

时当春秋时某个

　星星睡熟了的五更

青铜尊上开始长满了桑葚

桑葚儿一紫

青铜尊上便亮起了一个

　紫色的黎明

呵　蚕桑纹爬上青铜尊后

青铜尊　也开始爬上蚕桑纹

春日的蠕蠕使一切互动

栀子花开过后

我们看到的是蚕桑纹的青铜尊

　青铜尊的蚕桑纹

走进《春秋耕织图》

那是秋天
暖暖的太阳
　有一张肥红的脸
一条小路溜出来
溜出农忙
忙里偷闲
溜进了喷香的枫林里边
蜂蝶舞翅
开合间　扇动了秋水上的小船

鱼儿泼水
　把自己泼出了水面
荷叶将要收自己的伞
收伞前
它要对着青青的水
　让自己好好地再艳一艳

我是画外的人

走过那条青石桥板

给秋收的人们

　送一篮黄澄澄的米饭

米香来自古老的场院

新酿米酒已熟

（熟酒酽酽）

那些背影是民歌

唱在沉甸甸的秋天

《春秋耕织图》中

稻穗金光闪闪

镰刀不停地涌动着

　累出了满身的热汗

黄昏的风吹过来

吹出了橘林的甘甜

走进《春秋耕织图》中

怀念春天的蚕

蚕丝飘香时

子规　啼出满川的云烟

走出《春秋耕织图》

从《春秋耕织图》中
　　走出时
风老了梅子
那种酸涩是夏天的滋味
而现在是秋时
秋天的田野鼓鼓胀胀
已装不下待收的果实
所有的鱼儿都养肥了池塘
池塘里　爬满了安闲的
　　钓丝

从《春秋耕织图》中
　　走出时
虾蟹怀中已经肥腻
高粱挥舞着自己的红旗
月亮仅醉了一次
一次　便摔成了满河的蛙语

从《春秋耕织图》中
　　走出时
黄黄的橙子
　　成熟了自己
青春的岁月走过后
它有一腔无言的甜蜜

从《春秋耕织图》中
　　走出时
檐下拄杖送行的老者
　　情依依
　　目光也依依
千年的叮咛随风而逝
竹笠上
　　静静地
　　　流下了微凉的秋雨

雪　飘在伍子胥的头上

昭关是关吗
昭关不是关
无奈才是关
无奈使人愤怒
无奈使人疲软
无奈使人瘫痪
无奈　更使人无奈万般

无奈的伍子胥
用目光　无奈地看着自己的双眼
百思不得其解后
才知道　天下
　有许多事情本无答案
痛苦万端后
方晓　人间事
　痛苦　会使人性痉挛

于是　伍子胥下雪

用自己的头发下雪
下一头的皑皑雪原

建言遇上冷漠
忠贞便算不上诤谏
泣血的叩首遇上无知
一切都会心不在焉
谋国之心遇上私念
良图即会化做云烟
唉　道德如果遇上了无道
道德　又算个蛋

白发的伍子胥
满头的雪飞得泪光点点

黑夜沉沉过昭关
昭关的那头
又是怎样的云天
总不该又是无奈吧
无奈折磨好男儿
无奈　使天下英雄气短

昭关是关吗
昭关不是关

子产不毁乡校

不毁坏语言的清芬和功能
不毁坏话语权的纯真
不毁坏忧国的热忱
不毁坏民主的萌芽和气氛
不毁坏那些无邪的笑声
不毁坏那种责任的眼神

子产不毁乡校
不毁的乡校里
　　思维像溪水一样清澈明净
子产不毁乡校
不毁的乡校里
　　爬满了欢笑的春风
子产不毁乡校
不毁的乡校里
　　端坐着古朴的光阴
子产不毁乡校
不毁的乡校里

构思着观止的经典古文

子产从乡校里
　观人情
子产从乡校里
　听民情
子产从乡校里
　体味舆情
子产从乡校里
　检阅世情

不毁的乡校里
　有真情
不毁的乡校里
　有人情

子产不毁乡校
毁了乡校的子产
　没有看眼睛的眼神
　没有听耳朵的声音

史·诗

邱新荣历史抒情诗精选

《孙子兵法》走出汉简

《孙子兵法》走出汉简
　　走出那些飘逸的文字时
　　　是一座武库的庄严
戈　躬伏着腰身
　　听候战鼓的召唤
矛也保持着冲锋的姿态
　　随时准备飞奔向前
刀　在锋芒中清醒着
　　卖弄着它的寒光闪闪
那些剑呢　剑
　　正在计谋中盘算
　　　要在所有的论述中
　　　　耸立自己的武断
呵　在兵法中
力量　总是与鲜血面对面
败了　血在哭喊
胜了　血也在哭喊

《孙子兵法》走出汉简
　　走出那些尘封时
　　　是一个战争的经典
从行走的脚下抽掉路
从饥饿的口中去掉吞咽
从喜悦的脸上拿走欢乐
从屋檐下　将上房的梯子折断
兵法　是油灯下历代的胡须　不倦
　　千万次地被搓捻
　　　搓捻兵法　图谋
　　　　搓捻出绝对的胜算

在春秋　在春秋后的每一天
兵法被道德和不道德的手
　同时开卷
开卷有益
有益　是各自有各自的答案

《孙子兵法》走出汉简
　　走出自己披甲的身段
　　　但它走不出自己的计谋
　　　　走不出那些冷静的理念
　　　　　走不出仇恨与恐怖
　　　　　　走不出那深刻的浅显

史·诗

邱新荣历史抒情诗精选

《孙子兵法》长成一蓬草
草丛中有无数双泪眼
《孙子兵法》燃成一堆火
火里有孤寡者不绝的哀怨

《孙子兵法》走出汉简
《孙子兵法》走不出
　自己对自己的诘难

在虎丘　想一些事情

这些塔　是被佛经
　　念起来的一种高耸
塔在蓝蓝的水中
　　用伟岸的倒影
　　　念偈语　念铭文
　　　　念出了一种超越轮回的觉醒

我们　是被一张门票
　　匆匆度进
在潮湿的绿色中
在烦闷的蝉声
　　来寻找那一腔苏白的钟声

在虎丘
想一只虎　吼成了绿风
绿绿的风从冬天吹过
江南　绝无经霜的严冬
纪念品卖剑上一派温存

早已没有了为权力而暗杀的凶狠

在虎丘
想吴太伯奔吴的事情
想那些山被奔过后
　　葱茏得更加天真
想那些图腾被崇拜后
　　更加具有了一条鱼的精神
想季札走出吴地后
　　把他沉思的目光和伤感的心痛
　　　　留在了虎丘的黄昏
想吴王试剑的裂缝
　　埋葬了多少被压迫的冤魂

在虎丘
不去想专诸刺僚的事情
不去想那种争夺
不去想那场血腥
不去想一只烤鱼里吐出的剑
不去想一把王位
　　无助的眼睛

在虎丘
只想风的事情
只想雨的事情

只想泉的事情
只想太湖的事情

想　风　会还原成白虎的眼神

想　雨　会化做晨祷的钟声

想　泉　会跑成不羁的渔歌

想　太湖　会炼成不老的风景

在虎丘
想一些事情

史·诗

邱新荣历史抒情诗精选

孔子不见阳虎

是不见那种不对称的目光
不见那种不对等的路
不见微笑的尴尬
不见礼仪中的失误
不愿道德的光芒
　遇见戟剑的粗鲁
不愿优雅的琴声
　受到势力的玷污

孔子不见阳虎
是芳草　绿在自己伟大的淳朴
　不愿接纳一只自视甚高的猛虎
是泰山沉湎于自己崇高的鼓舞
　不屑于一抔轻浮的尘土
是话语安闲在自己的清苦
　不想去面对非礼性的拦阻

孔子怕见阳虎

怕阳虎目中充血的自负

孔子怕见阳虎

怕阳虎身旁站满叮当的白骨

孔子怕见阳虎

怕阳虎走来时

　　会制造更多的无辜

孔子怕见阳虎

怕见了阳虎后

　　一些情节

　　　　需要自己费心地去阐述

史·诗

邱新荣历史抒情诗精选

孔子絮语

从经典的语录中走来
褴褛的风伴陪着你
钟磬之声如丝帛
在简短的文字上战栗
饥肠之声尖酸而锋利
要掏空人体内的所有积蓄
呵　伟大的哲人
秋风一样单瘦的孔子
经历了无数磨难后
用一缕攻无不克的中庸微笑
摆平了现实
摆平了人们的心理

道路摇晃在身后
婉约而崎岖
那是夫子就着古铜色的星光
　着意删改而略带一丝疼痛的
　　《诗经》中不可约束的诗句

田野滑过脚印

大鹏一样飘然而去

那是圣人谦虚地还给农民的一个农业问题

呵 知之为知之不知为不知

不故作高深

才是真正的大知

困于陈厄于蔡

被逐出宋被斥出齐

稀疏的雨脚要践踏你

乏味的枯枝也要撕扯你

夫子却昂起了山丘似的头

登泰山而小天下

我行我素

坦然处之

靠美得让自己忘了肉味的韶音

　果腹充饥

靠那个大同世界的理想

　填补自己

呵 冰凉的暗夜里

夫子是一颗孤独的星

自己欣赏自己

谁知我我谁知

有大道

而无人问津如敝屣
贫困的哲学和哲学的贫困之间
究竟是一种文字技巧
还是一种无言的悲剧
茫茫大荒
夫子老龙一样吞吐云气
夫子痛苦
夫子沉思

讲诵不止弦歌不止
刀戈无法围困歌声
讥讽不能征服精彩的日的
一卷简策在手
照样铺展得开乾坤大地
管他桓魋拔树
管他楚狂接舆
夫子是现实的儒家
又是儒家的现实
功名荣辱于夫子
无非是几片随风飘散的云絮

呵　千古传颂的老人
被疲倦的手杖
拖进了黄土地
清瘦的背影也模糊在之乎者也里

我们捡起夫子一生的辛酸和足迹
用春秋战国的烟尘
和几声迟到的唏嘘
便装订出了一部浩瀚的《论语》

老 子

最潇洒的是
用没有记载的表情
用无为无不为的态度
回答孔子的问礼

最自然的是
倒骑青牛
吟吟一笑如玉
长髯躲过山风
目光避开道路
从《道德经》里
翩然而去
思想精细
漾开新鲜的涟漪
若圆熟的太极图
黑白　相拥在彼此的臂膀里

最惬意的是

在一种超级状态下读你
读后人为你增补的胡须
读从你手中滴落的
节奏紧张的文字

最可笑的是
那种沉闷的愚痴
只在山涧草丛中寻你
却忘了打量我们自己
其实　你正流动在人体内
看世界在一块古老的石头上
　培育花朵和根蒂

让吴越风　抓住西施的衣裙

和那种美　我们
　　相隔两千多年的路程

怅望一个女人
女人正走在美丽的苎萝村
她身后的家门在笑
笑我们的伤感和伤情
它知道　在自己的女儿身上
十八年　培养的从容
　　正在浩大的历史中
　　　起一种温婉的作用

静静的苎萝村
静静地不发出半点声音
没有口号
只有从容
（口号已喊成了三月的茶花
口号已喊成了醇酒样的江南早春）

它自信
一袭浣纱的衣裙
　　足以将越溪风月
　　　　稳稳地护定

是那次轰轰烈烈的
　　离了越宫奔吴宫
是那样的一串笑声
　　埋葬了刀剑声
是那般的丝履过后
　　吴越山水　依旧罗袜不生尘

而今　是要走
走进血色之外的爱情
　　没有情节的爱情
　　没有起伏的爱情
　　没有利益的爱情
爱　是那种风雨之后的凝眸
是一种无言的会心
是一叶小舟驶向天际的淡定

和那种美　我们
　　只相隔一瞬
看一个美女
　　带着内涵和风韵

史·诗

邱新荣历史抒情诗精选

化进了吴山媚
　　化进了越山青
女人的笑　给自己
　以最终的肯定
吴王金戈越王剑
斩断的只是对方的脖颈
吴山依旧媚
越山照样青
西施　不增不添地
　还是那双净如溪水的眼睛

那就　让吴越风
　抓住西施的衣裙
可惜　风儿太嫩
（风比桃花瘦
风比杏花轻）
　只替我们留住了一脉精神

西施不管谁输赢
曾以美的庄严出征
西施　只为吴山媚
西施　只为越水清

关于无锡的断想

史·诗

邱新荣历史抒情诗精选

人说　山无锡
　兵戈止

无锡的草摇摆不止
　说　无锡
无锡的绿树婀娜不止
　说　无锡
无锡的花冶荡不止
　说　无锡

无锡在岁月里
　有连绵的战事
每块石头上都卧过一支箭
每条小道上都埋伏过待命的马蹄
无锡说不清自己有锡无锡

无锡在烽火中炼过后
　改不掉自己的名字

无锡属于山光水色
无锡属于吴侬软语
无锡属于笑口一抿
无锡争吵时
　　温柔得嗓音低低

无锡在后来擎一把二胡
　　又在二胡里把自己拉成小曲
无锡在从前就生成一景
　　自己弥布在风景里
无锡在天上摘一团明月
　　又把二泉浸在月光里

无锡的记忆在荷塘里
无锡没有关于战争的锡
锡都变成了湖中的鱼
鱼儿跳月
无锡　到处是锡

太湖渔歌

一　群鸟的歌

在很早很早以前
尘世的网日渐繁密
我们受风儿的驱使
从天空飞脱
飞进这太湖的美丽
我们飞得无拘无忌
把自己飞成了自由主义
把自己飞成了无政府主义
把自己飞成了浪漫主义
有时　我们还任性地
飞一飞自负的个人主义

我们飞在太湖的美丽
太湖用它的黎明
　　为我们沐浴
太湖用它的晚霞

为我们充饥
饮太湖的水后
　我们长出了羽化的翅
我们又多了一层飞飞的神秘主义
贴进太湖
我们是浪浪的水际
从太湖飞升
我们飞到消失了自己

在太湖这里
我们是绝对的超现实主义
太湖是我们的眼睛
我们是太湖的影子

二　帆的歌

多少脉脉的目光
被我们带到这里
过尽千帆皆不识
不识　是因为我们流连在太湖里
太湖的阳光会酿出雨丝
太湖的风儿会长出柳絮
太湖的水雾
　会使所有的眼睛凄迷
太湖时时会在柔风中

自己表现自己

　　表现自己的水柔

　　表现自己的壮丽

　　表现自己的浩荡

　　表现自己的神秘

太湖的表现

　　是每一片帆的急需

在太湖里

　　浩大的衬托是急需

　　明净的灿烂是急需

　　从容的怀抱是急需

　　寂静的摇篮是急需

驶进太湖的帆

　　是洁白的诗

太湖的意境无际

太湖的白帆

　　自己会吟诵自己

三　鱼虾的歌

太湖是天下最温柔的网

我们自愿

自愿投胎到这网里

我们的神话

建在自己的水晶宫里

太湖是我们的眼睛

我们是太湖的呼吸

我们目光一致

我们目的一致

无需达成

我们天生有共识

太湖躺在民歌中

我们躺在太湖的音符里

太湖是橹桨下的婴儿

（婴儿　为所有启程的船

　　唱一支不眠的摇篮曲）

太湖是天下无拘束的网

无拘束的网无结丝

我们是撒网的鱼

捕过太阳的金线

捕过星星的踪迹

有时　我们自己给自己撒一网

　　捕我们自己的鼻子

我们是太湖中的鱼

我们知道

太湖　其实也是一条会水的鱼

太湖游出一湖浪时

它自己　总会使自己着迷

邗沟　邗沟

我知道　多年后
你的脚步
　　会随着大运河走
年轻的运河中
　　有你苍苍的水流
南北相连你庄严地伸出了手
大地上　才有一线沉沉天际流

寻找你的月亮
月亮挂在千年前的鱼钩
寻找你的杨柳
杨柳也长在了曾经的风中
寻找你的帆影
帆影已融进了彩色的黄昏
呵　邗沟邗沟
那就让我寻找你那个多情的深秋
（深秋的红叶又飞上了昔日的楼头）
一方香罗手帕中

伸出了一只挥别的手
（一只纤手在秋天里
　摆动了许久许久）

我知道　千年后
　你依然拥有自己古老的水流
你会把所有的野花
　佩在自己的胸口
前生后世你不迷魂
你知道　自己
　永远的名字叫邗沟

烟波上　走了智慧的范蠡

后人　为范蠡
　　预备了许多精彩的结局
精彩的结局
　　也无非是为了一个精彩的目的
是为了让一颗聪慧的头颅
　　离开功成名就后的忘恩负义
　　　离开兔死狗烹的悲剧
　　　　离开一双毒眼流氓式的猜忌

这一走　把惊天动地的事
　　走成了云烟一样的往事
　　　走成了淡淡的淡球事
这一走　一叶渔舟跟定
舟尾　跟定一条凝神的钓丝
这一走　功名的范蠡
　　走成了有韵味的范蠡
这一走
　　要带一种美丽

（鼓鼓地　这美丽叫西施）
美丽的传说有千种
真实的美丽　是这臂弯中
　具体的明眸皓齿

一个卸妆的西施
　是没有传说的西施
真实的西施知道自己
金戈迎风是男儿的事
自己奔吴　只为保住越国的范蠡

呵　烟波上
　走了飘飘的范蠡
他的肩上
　靠着一个最古典的美女

在《采桑图》里采桑

我的童年在战国
踮起脚尖儿采桑
微风轻柔地将我抚摸
桑叶飘飘
化成千万鼓翅的彩蝶
从我眼前飞过

我的童年在树梢
树梢比我的童年要高
我采桑叶桑叶采我
童趣总在天空飘摇
桑树拉我长大的时候
每每总会弯下柔柔的腰

我的童年在桑葚
桑葚里有那悄悄的红
红红的桑葚红红的唇
桑葚吻我的时候

童年的甘甜
总是那么纯正

我的童年在蚕鸣
蚕鸣在春天
在绿绿的桑叶中
噬桑吐丝蠕蠕动
童年的梦
软亮而又清新

跟着白圭学经商

跟着白圭学经商
　　是学那种灵动的商业目光
学习他在炎热的夏天
　　收购皮毛的预计
学习他冬天储备絺绵的主张
学习他旱天里积蓄船桨
学习他大水里准备车辆

学习他人弃我取
　　人取我弃的主张
学习他从起点迈步
稳稳地　赚钱在流通的路上

跟着白圭学经商
　　是学那种从容的胆量
白圭能把白云卖给湖水
白圭能把道路卖到天上
白圭能把黎明卖给露珠

白圭能把彩虹
　卖给晚霞做衣裳
白圭能把船卖给船桨
白圭能把水中的月亮
　卖给天上的月亮
白圭能把一个季节卖给另一个季节
白圭能把一种多余
　卖给另一种急需和紧张

跟着白圭学经商
是学白圭宽阔的胸膛
白圭用胸中的兵法经商
白圭用胸中的律令经商
白圭用胸中的阴阳学经商
白圭用拿钱赚来的一切知识经商

双赢局面
　白圭早已提倡
白圭经商
　一直在做大做强

白圭经商是经营一种感觉
白圭经商
　在丝上卖茧
　　在茧上卖蚕

在蠕蠕蚕蛹中
卖不赔本的桑

跟着白圭学经商
会学到一种沉默
　一种节俭的不事张扬
白圭是用一颗心在经商
内心　是他秘密的商场

对吴起的剖析

杀死他的乱箭
多年前
　　就已经埋伏在那里
那是一种发霉的
　　守旧自私的努力
所不同的是　他们
在某个时代　某个地域
不停地变换着笑容　面具
　　和自我表现的言语
他们会在某种可揪住的东西面前
　　停驻　注视
然后　寻找致命点
突然发力　就如这箭
　　凶恶地将人杀死

而吴起　却是恃才傲物的吴起
他总想表现自己证明自己
相信自己

会连接大历史
　　会改变历史中的一些事
为了这些事
母丧不奔
他留下了不孝的口实
为这些事　他杀妻
用自己的伤口和泪滴
　　证明他无私证明他自己的理智

但鲁国的路
　　总是充满狐疑
在同一件事情上相信他
又在同一件事情上对他置疑
母丧不奔是没有道德支撑的
杀妻　已是杀掉了自己的凭藉
那些路　在他身上走一些日子
那些日子　隐隐地
　　不踏实

然后是往魏国去
总想给自己的学问
　　找一块栖居地
总想让那些兵法
　　在动荡的日子中
　　　体现更多的意义

他打过的仗
　算是有了喝彩声
　　有了众多目光的鼓励
但积聚的赞叹太多后
　往事　总会被人提起
重提的往事更沉重
每个黎明醒来时
　他都险些被噩梦压死
魏国的路
　也与他走出了距离
魏国　有自己的公子
公子　熟谙国事
　岂容他人染指

这回　是奔楚地
　奔一欣赏的目光而去
　奔妥帖的目光而去
　奔大展宏图的胸臆而去
　奔实现一系列的改革措施而去

但　迎面而至的飞矢
　让他看到了旧势力
(那是一种盘根错节
那是一种自我的打算和算计
那是一种在国家的事里
　谋家族的事

那是一种不可摇撼的力
那力　在历史中
　　　多次出手一击
　　　　置改革家于死地
那力　是一种以一个中心凝聚的
　　笑容　目光和卑鄙）

面对迎面的飞矢
吴起无助　明白
这些杀人的势力
是这样的锋利　具体
而国家　在某种时候
　　仅只是一个空空的名词

吴起死了
死在自己的才华里
他总算给才华寻找着一片天地
他躲不开一种旧势力
那种势力一直在寻找他
　　从鲁国到楚地
那些势力很正义
他们说吴起母死不奔丧
他们说吴起杀妻

吴起死了
他说不清自己

在稷下学宫听讲

在稷下学宫听讲
没有兵戈的阻挡
学者们有列大夫的头衔
（有头衔就有宽大的住房）

稷下学宫容得下各种声音
容得下清风的吵闹
容得下无忌的阳光
上千的学者住进去
稷下学宫依旧宽敞
宽敞得能容下
　更多的学术思想

稷下学宫的争吵有思想
稷下学宫的讨论有思想
稷下学宫的一声咳嗽
　都有思想

在稷下学宫听《管子》
那是粮食的声音在宣讲
那是殷实的仓廪在宣讲
那是肥美的田野在宣讲
那是流水的章法在宣讲
那是治国的务实措施在宣讲

在稷下学宫听《孟子》
那是滔滔的雄辩在宣讲
那是美喻在宣讲
那是王者的气势在宣讲
那是大国的理想在宣讲
甚至　是苦口婆心的诱导在宣讲

在稷下学宫听《荀子》
那是和平的理念在宣讲
那是宗法的高度在宣讲
那是光阴的故事在宣讲
那是省身的静虑在宣讲
那是劝学的良苦用心在宣讲

在稷下学宫听讲
听见鲁仲连义不帝秦
听见邹衍阐述阴阳
听见尹文朗诵《尹文子》

听见慎到解读《慎子》的思想
淳于髡搞笑
　　搞出幽默的端庄
田骈正色
　　正色出《田子》二十五章
窗内　百家争鸣
　　争到红霞艳艳的天亮
窗外　百花齐放
　　放出满树学术的芬芳

在稷下学宫听见
听见各种观点冒火的碰撞
听见文章的节奏铿锵
听见水平的高度
听见逻辑的流畅

在稷下学宫听讲
天下征战的鼓声便是小小的意思
稷下学宫的学术掌控
　　不致使未来失去方向
只要大脑在现实中清醒着
再糊涂的脚
　　也飞不到天上

立牛葫芦笙

立牛葫芦笙吹起来
把春天吹成青草
把青草吹成歌声
把歌声吹成闾巷中
　约会的脚步
　　轻轻而又轻轻

这么多的立牛葫芦笙
　相挽成亲
音孔里的泉水流淌
流淌随一阵俏皮的风
音符的翅膀扇动后
　　大地上　走来了款款的花径

不管有多少情
葫芦笙　总会表达得足够充分

是春天的绿在吹葫芦笙吧

吹声音成艳艳的裙
　曼舞飞蝶后　纤细柔嫩
是夏日的绿在吹葫芦笙吧
吹声音成闪闪的雷鸣
　金蛇狂舞间　气势生韵
是秋季的红在吹葫芦笙吧
吹声音成满地的金
　稻香飘过时　蜜意沉沉
是深冬的白在吹葫芦笙吧
吹声音成温暖的家门
　寒梅傲雪时　炉火生春

呵　立牛葫芦笙
每日　从北中国出发
在南中国吹华夏的韵

围魏救赵的杂感

东边吃紧
却在西边打炮
一盘棋上
能下出多少奥妙

在后院放火
不管前门谁敲
一种局面
深藏多少窍道

欲治头疼
偏要医脚
一种目的
各有多少高招

欲擒故纵
预留先跑
一步路上

走出多少技巧

上树捕鱼
掘土捉鸟
难能的是在题目上
下出多少套套

让骨头挺着
让主题焦躁
将一把刀伸向软骨

呵　围魏救赵

人形铜灯

这是一种干熬
是一种没有收尾的技巧
手中的灯火早已飞逃
飞逃成长翅的鸟
　离旧巢筑新巢

这是一种干熬
熬人的耐力和苦恼
奢华的宴会早已散去
人　被青铜囚着
囚出一种苍老

这是一种干熬
在灯盏的压榨下
人　屈膝弓腰

这是曾经的写照
一种人的享受

源于另一种人的辛劳
一种人的昂扬
　源于另一种人的伏倒
一种人的光明
　源于另一种人高举的火苗
一种人的欢乐
　源于另一种人疲倦的哀号
一种人的显赫
　源于另一种人的悄悄
一种人的伟大
　源于另一种人的渺小

这是一种干熬
一种人举灯
　是为了另一种人的光耀
一种人跪着
　是为了另一种人昂得更高

孟子的片断

见梁惠王的那一天
你是一个战国的老汉
被自己的循循善诱搞得很疲惫
你被叟的一声晾在一边
晾在伟大学说的并不待见
斯时　纵横有术
　　利益大于天
没有人理会你怀中传道的竹简
没有谁为你开一桌鼎食的盛宴

你却民为重君为轻地进言
试图用胸中正义的章节
　　说服贪婪的双眼
缘木求鱼的鱼已在树梢上变着幽默的脸
你还在致君尧舜地进谏
想谏出一片老吾老以及人之老
　　幼吾幼以及人之幼的家园

梁惠王的作秀

  是在最后一段

走神的君王早不耐烦

不耐烦你五亩之宅树之以桑的

  侃侃而谈

你衣帛食肉地畅想着

梁惠王却快步走向故事的终篇

他在想 爬上树去抓鱼

哈哈 要多浪漫有多浪漫

  要多童年有多童年

治国嘛 需要的是手腕

  不需要仁义的空谈

庄子　梦

一梦醒来是清醒
清醒　也是梦

蝴蝶的翅膀是梦
蝴蝶的颜色是梦
梦是蝴蝶的时候
做梦的人　也是梦

中午的太阳
　　做天空的梦
向阳的花木
　　做绿色的梦
流水
　　做声音的梦
微风
　　做鼓噪的梦

梦和现实

无界限也无痕
一如落地的瓦盆
和摔碎的音声

早晨的梦是露水
晚霞的梦是一抹红
眼神的梦是眼睛
时间的梦
　　是淡淡的光阴

庄生做梦是蝴蝶
蝴蝶做梦是庄生
而那些汪洋恣肆的秋水呢
秋水做梦
　　梦见自己是困惑的河神

郢和卢金

这是一种金色
　　是金色的沉重
但沉重中有微笑
微笑　是那些
　　不愿迈出家门的铭文

可持郢和卢金
买明朝的杏花
　　杏花中的微雨和巷声
买一桥流水下
　　悄悄的江南春
买一季的秋红

可持郢和卢金
买嘈杂的市容
　　和日渐稠密的脚步声音
买冬天蠢蠢的草
买夏天唧唧的虫

买一霜雪的板桥鸡声
买一闲闲的栀子花影
　悄悄开在风景中

可持郢和卢金
买那种百炼成金的意境
买那些嘘嘘的火
买那些吼吼的风
买那些谦谦的金范
买那些辉煌的真纯

呵　持郢和卢金
　不果　郢和卢金
　　却持我　买进
　　　南国漾漾的水声

戏说刀布

如果我是那个在成语故事里
被讥讽得狼狈不堪的郑人
那么　我会持着你
走进人声稠密的古市
一本正经地再买一双布履
借助你所体现的
经济与武力的血缘关系
摧毁那寓言一样别有用心的绳记
伸出权威的脚
彻底征服舆论和鞋子
并提醒教条者
人　要自己相信自己
否则便会被任何一种手段
推入难堪的境地

如果我是你
我会以寻根的勇气
去追寻那富于创造力的无名指

和手指下无畏的火絮
并敢于承认
如果没有神圣的花纹装饰
自己只是一汪贫穷得
　穿不起裤子的铜汁
是那种莫名其妙的形式
赋予了自己睥睨一切的胆量和权力

呵　如果我是你
我会认真留意
在久远的古代
究竟是武力决定着经济
还是经济决定着武力

《劝学篇》中　站着荀子

这是一把倔强的胡子
他站在《劝学篇》中
备好了车　马　舟　楫
　准备做说服人的比喻

他要求我们　每天
　将自己的脸孔当作镜子
　　多次反省自己
他的目光是不可动摇的戒尺
千百年来　千万次地高高举起
被他的目光责备后
　我们会疼在内心里
　　并疼成了慎独的记忆

他是劝学的
劝我们不要误了五更的鸡
他是善巧的
善巧地教我们学会借力

他是无奈的
无奈到一次次用起了并不直接的比喻

那些河流　高山和故事
　在他的宽袍袖中藏着
　　藏成通俗易懂的道具
他苦口婆心地劝着
劝我们实实在在地寻找道理
劝我们在一百步的目标上走完
　不落下最后的半厘米

他是一把白胡子
渊博地站在战国的风里
他的目光其实很和善
时时和善地说
吾尝终日而思　不如须臾之所学矣

对都江堰的感叹

何以　天上造的景
　　却遗落在人间
鬼斧神工尚不可得
人世　岂有这不可思议的灿烂

应信世间有仙
妙手偶得
造出奇迹这般
非一镐一铲能胜任
凡夫　也无这超迈的双眼

触摸石壁栏杆
摸到人间冷暖
遍野尽是流淌的汗
一水分流
　　膏润成都平原

在宝瓶口寻瓶

寻得两双不死的眼
循着目光走去
　却走到了二王庙前
一铲一镐手中握
我们面前
　泥塑着我们自己流汗的脸

始信　天上人间
　原无两般
人间幸福是天堂
天上不幸是灾难

但见　一水分流潺潺去
　送人间人　上天上天

212

英雄的悲剧——和屈夫子较个真

纵身一跃

你和一条汨罗江

便千古灿烂不灭

长天已登临

大地已领略

九歌已唱毕

楚辞已吟绝

此时不走

更待何年何月

怀王的目光昏庸倾斜

郑袖的裙底充满险恶

上官大人也依靠自身的卑劣而日益肆虐

泽畔行吟的脚印

经不住流言蜚语的折磨

正痛苦陷落

渔夫的故事也只够渔夫独自享用

你披拂的长发和憔悴的传说
将奈荒野上的饿风几何

不需要英雄的时候
你以英雄的形象降落
践踏忠良的那一时刻
你偏充当了忠良的角色
在媚眼儿受青睐的日子里
你把耿直弄成了自己的绞索
呵　你的末路就在于不愿以小人的标准
做自己的准则

写过《国殇》又怎的
起草过外交文件又怎的
谋划过良策又怎的
让你充当工具时
你才可以放任自己为悲壮的长歌
飘舞自己为潇洒的文墨
但作为一个生动的人
你却不可以在千口一词时
摆出一脸轻蔑的正色
不可以在一片肮脏中
独树自己招人眼目的清洁
世人皆醉你为何不醉
众生都糊涂了

谁让你还顽固地清醒着

噫吁嚱
最好你去跳河
河水清且涟漪
是一首没有被玷污的民歌
不会有嘈杂和喧嚣去惊扰你的魂魄
且岸边不要看人眼色的野花正自开自落
恰符合你狂放不羁的性格
所以 你的跳河
和你恣肆天地的古诗一样
同为万古一绝

屈夫子呵　最好你去跳河
你不跳河
没有人敢无愧地跳河

不要评说郑国渠

不必要　那么费力地
　去评说郑国渠
不要去计较什么
　离间计还是反间计
只看一水浩浩而来
　万木生春
　千亩呈碧
　沙滩麦浪翻滚
　碱地处处油绿
郑国渠
　不过是历史幽默地玩一个小把戏
　　然后送给我们一个惊喜

不要那么费力地
去评说郑国渠
不要分辨什么
　理智或者不理智
只听一片潺潺水声

明镜飞鸟

夜月蛙语

原野鲜花竞秀

瓜香温馨似蜜

郑国渠

端的是岁月多情地插一个小插曲

然后赠给我们一份厚礼

不必要那么费力地

去评说郑国渠

不必要计较曾经的离奇

一水膏泽万世

在郑国渠面前

我们都是积极的道具

我们掌握了农田灌溉技术

我们开始懂得
　牵着那些河那些渠
　　去灌溉农田和绿树
让所有的根系
　都得到水流的呵护
我们让山冈上的水
　到池塘来居住
我们用齿耙梳理流水的毛发
　让它们从汹涌的大河走来时
　　越走越温柔驯服

呵　我们掌握了灌溉技术
我们可以随心所欲地
　滋润我们的厚土
杏花闹罢枝头
桃花又红红地上树
流水的声音
　给人们带来多少富庶

我们掌握了灌溉技术
便掌握了丰收的旅途
所有的种子启程后
　　都将得到滋养和鼓舞

我们掌握了灌溉技术后
门前的稻田
　　给我们飞起了一串白鹭
身后的池塘里
　　给我们敲响了蛙鼓

走近马王堆

那些丝绸上的花纹
　　是马王堆敞开的门
从那里　可以
　　走近鸟和飞动的白云

一柄古剑锈死了自己
　　且锈死了青铜的声音
不腐的古尸上目光在闪动
不动的　是几千年僵硬的面容

汉简上　文字在舞剑
　　把剑锋舞成了龙吟
河流从壁画上的天空流下
　　惊动了大地上的鱼群
庄稼的谷穗长进了早期的布纹
雨在伞中奔涌
　　从古至今

从马王堆的清晨
　　可以直接走近黄昏
从马王堆的黄昏
　　可以直接走近黎明的树林
从它的鸟鸣
　　可以走近粗犷的兽群
从它的水声
　　可以走近风中
从它的竹帛
　　可以走近古代的风情

走近古代风情
方知　马王堆仰仗我们的目光通灵

史·诗

邱新荣历史抒情诗精选

韩非　活在自己的文章中

怎么能死呢
韩非子那样的雄辩和从容

大段的说理
　　和沉默的铺陈
　　　　足以繁衍一种
　　　　　　比生命更真实的生命
而那些比喻
　　也比生活本身
　　　　更凝练
　　　　　　更生动

身世不是自己的身份证
而城门也不是自己的家门
韩国的贵公子以自己的著作生存
　　以逻辑生存
　　以理念生存
　　以冷傲地凝视人性的目光生存

以语言的冲动
　　服从于理智的冲动
　　　服从于法制的精神

这是一种神圣
　　一种思考的神圣
　　一种推断的神圣
　　一种精神的神圣
　　一种目光的神圣

其实　连结局
　　也是那般的神圣
让嫉妒的猖獗
　　以胜利的形式死损
同时证明　证明
一种存在
　　是以消失开启永恒
　　　以淡淡的伤逝
　　　　去铺垫出伟大的尾声

士

是哪一只手
把你从古代的战车上拿起
摆进一方精美的棋盘里
立下一个规矩——
一步　只能一趋
且不得超越方寸大的天地

呵　我与你在古战场相遇时
见你
执长矛冒飞矢
铁甲凛凛
英勇无敌
为何今日这般
缩手缩脚
犹犹豫豫
呵　曾在大将军家里
和我共饮的你
纵横捭阖

言辞犀利
也不像今日这样
拘于一隅
缄默不语
一丝可怜的动作
也要别人操纵推移

想想辉煌的过去
你曾是叱咤风云的主要武力
看看今天的悲哀
一步路
还走得躲躲闪闪地
左右挪腾
前后转移
用自己笔画稀少的身体
吸引敌方的注意力

呵 结构简单的士

为百家争鸣而吟

唱一支歌　用真心
歌唱伟大的百家争鸣
歌唱那些思想
歌唱那些灵魂
歌唱那种强烈的时代意识
歌唱那种责任
甚至　歌唱那些高贵的冲动

一

孔子是一座山峰
述而不作地行走着
面对山水
　做时间岁月的沉吟
颠沛流离的路
　盛载着哲学的脚印
留给别人自由的空间
　己所不欲

勿施于人

三月的春水
　弄湿了他的衣襟
他顽皮地沐乎风
让风　吹一颗不老的童心
教学相长的眼睛
　永远是那样专注深沉
学而不厌诲人不倦
用自己的心
　给自己讲一卷伟大的易经
有朋自远方来
他只是乐着　乐出了声
　乐得端端正正
太多的艰辛
　使《论语》更加含金
雪后　乃知
　松柏之长青

二

孟子是一片勤苦的脚步声
　走近一座又一座王宫
他是苦难土地上苍凉的声音
他的微笑

总是那样咄咄逼人
循循善诱后
　　他总会使那些自以为是的君王们
　　　掉进他结论性的陷阱
一生的追求
　　总是五亩之宅树之以桑
　　总是王道的美景
　　老者衣帛食肉
　　邻里鸡犬相闻
　　关心着每个人
　　关心着每个家庭
　　更关心着硝烟散尽后
　　　敦厚淳朴的人心

他是一篇不容辩驳的文章
谦恭的微笑中
　　充满了巨大的强制性
他总走出一片善良的脚步声
他顽强地说着
不管人们乐不乐意听

三

老子却简单地凝重成了一片美文
（他的美文是根本

会引起千年的延伸
　　会延伸成道观
　　会延伸成袅袅的诵经声）
倒骑青牛出关
　　是为了给我们留下一个思考的背影
（他知道　面孔
　　太具体太象征
　　　容易造成僵硬）

他自己是自己出关的凭证
他自己是自己观点的说明
万般无奈的五千言
　　是道的无法说清
道可道　非常道也
一道　便不甚分明

老子出了函谷关
走进了中国人心
苍茫出世的消隐
　　睥睨着世间的纷争

四

庄子则逍遥得像一场梦
　　或者是梦中

蝴蝶的身影
自负的秋水受到教训
他再让我们看扶摇的大鲲鹏
官爵的帽子总追不上他
他不要重负　要头脑的清醒
鼓盆而歌
　　歌世俗的不永恒
他是梦里的清醒
也是清醒的酣梦
世间的定则他会拆穿
拆穿后　笑声　原来是哭声

一篇《庄子》
　　是他自己从来不念的《南华经》
内篇里
　　我们听他墨写的声音
外篇里
　　我们见他淡淡的笑容
杂篇里
　　我们感受到了他悄悄的形神

五

不能阻挡荀子
　　去出任兰陵令

他的学说是真正的经世致用
不能让伟大的思想
　　成为纸上的闲文
应该让他的手
　　建造我们应该享有的光明

但他总爱向我们劝学
学习善借外物
学习积土成山积水成渊的窍门
稷下学宫
　　给他留下了深深的印痕
思想的蓬勃
　　使人更加神圣

他劝学　　从古代的黄昏
　　劝我们到今天的黎明
他相信思想的力量
　　相信思想来自于孜孜以求的学问

一次次被谗言追逐
一次次走出家门
所有的路他都已忘记了
不忘的是
　　他手里擎着的那盏灯

史·诗

邱新荣历史抒情诗精选

六

韩非子的智慧
  制造了自己的不幸
赐死的酒
  却无法杀死他
    伟岸的身影
天下大事
  被一则小小的寓言澄清
法理和治国的方式
  皆源于沉思的皱纹

珠玉被掳掠
  是为了消减对手的贵重
他被敌国抢夺
  是为了给出生国制造思想的空洞
不管是祖国敌国
  还是顺境逆境
他只不过是换个环境写自己的政论

《说难》论进谏之难之勇
《孤愤》影射不遇的孤愤
《五蠹》揭出世间的蠹虫
《说林》和《内外储》
  也无非是对不修明法制的痛恨

韩非子　死在嫉妒中
却活在自己的文章中

七

管子抢先一步
　　走进春秋里
他要看国家的仓库
　　和粮食
那是他为自己的文章
　　培育的章法和文字
治国的理念化成日常话语
他要保证自己的一招一式
　　都是成功的一招一式
（那是一篇大作的材料
每一个段落都不能缺失）
实际的目光
实际的举止
实际的进谏
实际的目的
思想的化身
　　已经变成丰收的粮食
　　　胜利的旌旗
　　　　以及和平的静谧

管子在用自己的动作命题
他的书不仅仅是工具
他想让思想直接成为强大的基石

八

墨子最终打败了公输盘的
　　云梯
摩顶放踵的兼相爱
　　是他不变的主题
十日十夜的兼程
其实　就是为了摆放一片胜利者的证据

洒一腔热血
利他不利己
芒鞋布衣的平民路
　　走出了山野草泽间的豪气
剑　藏在他的每一段文字里
而剑是善良的
只是为了适应战国的天气
　　是虚设的装饰

墨子走得很急
因为天下还有许多
　　贪功近利的云梯

一路走来
一路的文字丢失

但墨子是坚硬的
哪怕只剩下头和脚
也要把自己匍匐在
　侠义的中国大地

战国古长城

在那时　我们
　还不能将一段段长城
　　吟唱成伟大的风景
虽有菊花斟酒
虽落日成韵
但长城总是土地上的一种伤痛

为了防止进攻的车轮
为了阻挡呼啸的剑锋
为了截断扑来的烽火
为了迎击愤怒的鼓声
长城　是东奔西跑的长城
它走到哪里　便证明
　哪里会响起一片杀声

百姓的骨肉在长城
　被掩埋得无名无姓
生离死别的哭声在长城

被夯打得血泪淋淋
家破人亡的惨剧在长城
　　被重压得无影无踪
长城是君王们的一道
　　不可更改的大梦
长城也是千万百姓
　　绵延不绝的古坟

那时　我们
　　还不能将一段段长城
　　　　吟唱成风景
虽有气势如虎
虽有蜿蜒成龙
但长城是土地上意义混乱的象征

进攻者在营造长城
守卫者在修建长城
长城是诸侯建起的新家门
长城却是失去家门的百姓
　　回不了家的泪痕

为煮盐业唱一首歌

唱一支歌
唱一支关于煮盐业的歌
将歌唱成金色的绳索
　　要去拴住盐那白花花的胳膊

盐有腿　它会跑脱
它会向天空跑脱
它会向大地深处跑脱
盐跑了　我们的味觉
　　要经受难耐的寂寞

唱一支煮盐的歌
唱在春秋
或者　就唱在战国
要留住盐的翅膀
　　让它天天从人体飞过

用熊熊的火

在盐的体内唱歌
用沸沸的水
　在盐的体内唱歌
盐的粉面在大地上呈现时
盐自己能把自己
　雪白地唱活

为煮盐业唱一支歌
在歌声里
　向盐抛一支金色的绳索
盐的脚也要留住
它要跑起来
　会跑进沉默的苦涩

为煮盐业唱一支歌
唱在没有时间的每一个时刻
盐的眼睛不是青白眼
它会在我们的生活中
　味觉优美地
　　唱开一口热情的铁锅

走进战国的市

一张华夏的脸
　　就是通行的货币
　　　可以在战国的市场中
　　　　通行无忌

呵　走进战国的市
脚下的青砖不堪重负
　　抱怨人声的稠密
骒马的鼻子抽动在晨雾中
（它们想到时间之外
　　去打一个响响的响鼻）
牛羊的沉默是黄昏前的最后沉思
（太阳落山后　青草
　　就是他们最后的记忆）
白菜的翅膀振振欲起
（飞回田野的日子才是自己的日子）
萝卜一头扎下去
　　就想扎进永远的梦里

（多大的吆喝声
　　也再也不能把它们叫起）
青铜器和铁器
　　正争抢着阳光送来的外衣
它们的光泽是市场里最阳刚的朝气

走进战国的市
曾经恐怖的绳子
　　也已笑脸嘻嘻
它们拢来的是和平的日子
所有的秤杆都骄傲地翘起
一枚枚瓜果怀揣着新酿的蜜
它们知道自己的分量
　　没有苦涩　谁还要垂头丧气

走进战国的市
一切的物象
　　都鲜活具体
交流的渴望却产生了距离
有距离
　　才有一种流通的快感
　　　　和神秘

走进战国的市
一张中原的脸

和一张胡人的脸
面对着一颗南瓜的丰腴
都同样好使

走过沙河古桥遗址

史·诗

邱新荣历史抒情诗精选

常想　只有走向未来
才会看到奇迹
才会走进全新的天地
才会使我们的时光里
　　响起一串铃铛
　　摇响一串惊喜

而今　却是走向沙河古桥遗址
走向这种凌空飞悬
走向这些美丽的角度和比例
走向在战国的喊杀声之外存在着的
　　另外一种伟大的矗立

不论桥下走过的
　　是千年流过的水势
不论那些狂妄的风和肆掠的雨
单想桥上走过的那些归家的路
　　和那些孤独的商旅

想桥面上的一双绣鞋满头插花
　　走出一路咿呀呀的民间小曲
沙河桥　便已足够风流
　　足够神秘
况且　还有那些岁月的眉眼中
　　闪烁的韵律
还有枣花飘过后　随风
　　而来的静谧
还有一片帕头　闪着眼波
　　从这边飞向那边去
沙河桥　就该留下自己的遗址
　　哪怕　留下自己伟岸的影子

走近沙河古桥遗址
才是真正走向奇迹
才是走向更新的天地
走向它　我们
　　才能找到并不比我们的今天
　　　弱智的自己

在神奇的艺术品中沉梦

一梦
竟睡进了战国
睡进了艺术的梦境
伟大的艺术扑面而来
　炫耀着它们的光明

一面透雕蟠螭纹铜镜
　在镜面里
　　打量着自己的全身
许多的面容在那里艳笑
　为它拭去岁月的灰尘

一只铜卧鹿因跑得太远太匆匆
　跑丢了自己芳香的草丛
它的鼻息彩色地响着
　惊飞了角上的蜜蜂

一匹青铜马瞪起了眼睛

忘记了自己是成熟的青铜
它的身边　蜷缩着崇拜的缰绳

一头错银铜卧牛
　背负了太多的银纹
　　在想　自然的皮毛
　　　才是一种自在的轻松

一只羊角钮铜编钟
　许多年来　总建不起像样的栅栏
　　总管不住那只羊进出在风中
　　　跑出了一溜美丽的声音
漆的颜色闪耀在夜空中
　明明暗暗地
　　自己制造着自己的星星

一只铜犀尊
　为喝不到任何的饮料而发疯
尊要喝酒
　犀　却想跑到宽阔的大河中

早期的玻璃珠里站着战国的人
他们看玻璃
玻璃在看他们的眼睛

彩绘的射猎图里
颜色也很惊恐
呼啸的箭镞飞来
　　会把一切猎物都射得无影无踪

双鸟双蛇立雕上
颜色却比较冷静
因为它的存在　蛇鸟
　　才不会爆发无谓的纷争

一只彩绘陶鸭
　　失落于自己不能
　　　　再弄出绿波的水声
而那只云纹金盏呢
金盏　只怕一声雷来
　　夺走自己心爱的云纹

和漏勺与漆耳杯
　　互相尊称为弟兄
鹿角立鹤上
　　鸣叫着黑陶鸭形尊

十五枝连盏灯的灯光
　　从黑夜　亮到天明
青铜走龙上
　　龙总是无法从青铜中脱身

那把原始瓷提梁壶上
　　总缺少一只手
　　　　把壶从睡梦中提醒
别致的弦纹把杯上
　　还留着殷勤的劝酒声

奇特的战国透光镜
　　总纳罕　怎么看不透战国的这些战争
琉璃嵌壶上
　　琉璃们自己很震惊
　　　　惊于一把壶上艺术的精神

一只三足洗总在抱怨
　　怨岁月的尘封　　怎么
　　　　总也洗不干净

双耳陶壶呵
双耳陶壶一直双耳竖立
　　想听什么　却
　　　　什么也听不清

一梦　沉沉
梦见自己
　　是嵌绿松石的牺尊
　　　　把梦斟成了酒
　　　　　且自酌自饮

第一个皇帝的出现

我们包装了这种动物
　用我们的智谋
　用我们卑恭的笑脸
　用我们文化的汁水
　用我们炽热的口号和呼喊
我们使他膨胀了起来
他思想的脑袋
　给我们带来了专制的灾难

我们怂恿了这种动物
他的目光被放任成了嗜血的刀剑
他放大了自己每一个愚蠢的动作
放大了自己的无知
放大了自己的阴险
他在后宫的媚笑和宦官的低眉中
　得到衬托　得到尊严
他用最庄重的语言
　遮盖无耻和私欲

他掠夺了所有的土地
他霸占了无垠的蓝天

他是时间中残忍的碎片
鲜血　瓦砾　宫观
　　以及许多梦魇
　　　都构成了他的片段
他渴望代表所有的庄严
　　河流以及群山
代表一种无聊的高不可攀
　　代表最尖锐的性欲
　　代表庞大和伟岸

我们屈从于这种动物
屈从于他的肆无忌惮
屈从于他的专横和傲慢
屈从于他的冷漠空泛
他制造了自己的文化
他的目光中不再有实质和内涵
他的语言中不再有真情和实感
他的沉默伪造了高贵和庄严
他疲惫的脚步
　　制造了并不存在的从容和勇敢

第一个皇帝的出现

是一切灾难的总和和总和了的灾难

我们的目光开始被践踏

我们的思想被无情阻拦

我们的血液充满了恐惧

人性的美丽与自由

　　被撕扯

　　　　被残酷地腰斩

我们用伟大土地上的土

　　塑造了自己的灾难

他迫使我们跪下去

包括灵魂

包括我们古老的双眼

我们无奈地期待着他说平身

谢主隆恩后

我们的自尊

　　依然久久地趴在地面

告别篆书

再见了　体态雍容的篆书
过多的纷繁和肃穆
　已经制约了时间和思维前行的速度
我们的目光已在遥远的前方留驻
前方的花香是流畅的香浓
前方的风景是舒缓的起伏
我们需要把月光写意
我们需要远山简接而纯朴
轻柔的笔意已按捺不住
　按捺不住那种潇洒浑朴的起舞
苦隶的手已流淌出了憨厚的波折
年轻而活力的结构
　不再受制于面面俱到的桎梏

再见了　养尊处优的篆书
庙堂的青烟
几时　才能清除
四平八稳的描绘后

雪亮的青铜

几乎郁闷得要哭

哭那种契约式的蛮横

哭一种凸痕的僵硬突兀

哭三言两语的隐藏

哭欲取先予的吞吞吐吐

所以　我们说再见

说再见是为了观照我们寻求到的幸福

说再见是我们步入了舒展的路途

千篇一律的细圆匀称后

我们有权力创造自己的婀娜

我们有权力享受美对我们的倾诉

告别篆书

篆书是我们渐行渐远的祖父

它是一种形象的存在和凝固

它永远面对着我们

（尽管它的胡须已清贵得不染尘土）

但还是再见了　我的祖父

　　我们难忘的篆书

我们已记住了那苍老的手杖

手杖下面　是新开拓的路

史·诗

邱新荣历史抒情诗精选

呵　统一了文字

不管今天有多少观点
　争论不止
不管有多少笔墨官司
　争吵不已
不管谁说利谁说弊
我会溯时间而上
站在崭新的秦隶前
喟然长叹
呵　统一了文字

统一了文字后
我们统一了疆域
统一了文字后
我们端正了自己的心理
统一了文字后
石头开花
土地流出了奶和蜜

许多的歧路
　　靠拢在我们伟大统一的文字
迷蒙的河流
　　回归到我们尊贵的文字
牛羊在农耕社会中芳香地呼吸
禽鸟在统一的文字中
　　优美地亮翅
我们统一的文字规范了不统一的马蹄
车轮不再顶在头上
皮鞭不再长在眼睛里
美丽的象形　四脚腾风
　　踏在古老的土地

统一了文字
　　就是统一了我们的眼神
　　　和情思
统一了文字
　　就是统一了我们大河的涛声
　　　和秋风的梦呓
统一了文字
　　就是让我们从一颗心走到另一颗心
　　　一直走到人情的深层次
统一了文字后
　　我们的微笑深刻
　　　我们的语言里有了坚实的根基

呵　统一了文字
　　每一条血脉中的血
　　　都开始汇聚
情感开始缩短了距离
我们都变成了彼此的文字
你念我为百家姓
我念你为《论语》为《孟子》
朝为磅礴的唐之诗
夕为浓绮的宋之词
统一的文字念出了中国人的魂
我们　　谁又不是
　　方方正正的人字

焚书纪事

把那些思想
统统烧死
往事不需要记忆
在最空白的地方
让一个人的声音独裁地响起
　并成为永久的记忆

需要那么多的思想吗
有思想的农人　割麦时
　会走神而割破手指
有思想的工匠　筑城时
　会产生奇想而砸伤脚趾
有思想的大臣　进谏时
　会旁征博引
　　伤害了帝王的尊严和形象的神秘

要烧死那些思想
烧死先贤的书籍

让目光空洞
让心灵空虚
让颂歌的声音
　　音调整齐
　　目标统一
把草和花朵全部铲尽
一片干干净净的大地
　　是多么坦荡无遗

要烧死那些智慧
烧死水湄边的倩影
　　和蒹葭苍苍的呓语
烧死那些对罪恶的谴责
　　和关于硕鼠的比喻
烧死那些杨柳风
烧死那多愁的霏霏细雨
一个声音一种形象的主宰下
其他的　都会成为多余
成为胡思乱想的背离

烧吧　烧掉一切的灵感和记忆
烧掉使人怀旧的过去
让一切都从头开始
今天才是历史的起点
历史的源头
　　挺立着一只傲视天下的公鸡

坑儒纪事

活埋那些肉体
活埋跃动的思想
　甚至那些呼之欲出的知识
活埋那些丰富的眼神
埋掉所痛恨的一切后
　世界真安静
　安静得没有谁
　　再发出异样的声息

那些儒巾的巍峨
那些思辨的义理
　在冷酷面前
　　却不算是什么事
数十年学养的浩然之气
在一抔黄土前
　是如此的乏力

坑杀你的尊严

坑杀你的章句
坑杀你的富贵不能淫
坑杀你的贫贱不移
在坑杀的这一刻
何谈威武不能屈

这已不是战国时期
纵论天下
　　可以得到应有的礼遇
礼贤的酒早已冷却
贤与不肖　在某种时刻
　　往往会是同一回事
语言的锋利怎比得过刀剑的锋利
百花过后是秋天
秋天　不再需要满园春色的天气

把人体抛向深坑去
把生命抛向深坑去
把冤哭抛向深坑去
击杀是一次美丽的壮举
杀完纷争的盔甲后
　　再杀掉儒雅的话语
天下静
　　是要静得不能有任何杂音响起
四海一

是要一得不能有任何的不合规尺

坑杀儒士
　将会使一批血液奸猾
　　使眼神萎靡
　　　使诌媚悄悄浮起
　　　　以柔顺的方式
　　　　　保护自己

阿房宫的泣语

不管我的存在真实与否
不管有没有我自己
我都会原谅那场火
原谅那些焦灼的日子
我用自己的名字起誓
我用人们传言中的砖头瓦块起誓

天下苦秦久矣
苦秦的人已被践踏得失去理智
人们恨苛刑
恨蛮横无理
恨一家之下的人格失去
不用苛求他们的文物意识
是他们的贫穷才有了这些巍峨
是他们的灾难才有了这些壮丽
人的理性早已被扼杀
疯狂　或许是一次最理智的
　发泄方式

他们有庄稼

有自己赖以生存的土地

他们有茅屋

有自己贫穷相伴的妻子儿女

他们不会住在九曲回廊里

他们不会生活在雕梁画栋里

鸳鸯被不挡他们辛酸的风寒

绡纱帐不会把他们的痛苦拂去

帝王的妻妾嫔妃是他们早已被抢走的

　闺女

皇宫的阉宦侍役是他们被饥饿逼走的

　儿子

他们需要的是一碗饭的着落

他们不需要罪恶的华丽

江山社稷是帝王宫廷的话语

他们的话语是沉默

　是沉默后的默默无语

不要追问那把火来自哪里

一颗心　早已有一团愤怒之火的蓄积

被焚被毁是早晚的事

哪一杆烟锅中的火星

　都能造就我的分崩离析

在苦难者的心里
美丽是一回事
仇恨是一回事

不管我的存在与否
我在哭泣
不是因为那把火
而是因为被我耗尽的民力

听听那些陪葬的哭声

那些无助的声音
　　在旷野中轰鸣
　　树叶飘落
　　空气昏沉
帝王的灵幡依旧趾高气扬
　　无动于衷
这些即将逝去的生命
　　以活着的形式
　　　面对死亡的来临

哪里是天下子民
哪里是众生平等
一个死亡的尸体
　　竟需要更多年轻生命的簇拥
生　是一种无忌的占有
死　也没有放弃掳掠和残忍

没有谁去救助这些哭声

大臣们不去救助

大臣们要用赞叹声表示他们的忠诚

将军们不去救助

将军们将推波助澜视为一次更重要的远征

这些哭声　哭着

是一些即将熄灭的贫穷的灯

权力的外延笼罩着一切

一切都表现出了绵羊般的服从

听听那些陪葬的哭声

这些哭声

　　想把自己哭给远方的父母听

　　想最后一次哭给自己的家门

但是父母的白发

　　早已死在思念中

家中的门

　　早已破散进了饥饿的寒风

那些无助的哭声

　　哭着

只有哭给自己的眼泪听

封禅 封禅

浩浩荡荡的队伍
浩浩荡荡的欲念
在昏昏欲睡的黄土路上
　一往无前

丰功伟绩写在书史
　书史无多人看
那就刻在石上吧
把那种张扬和自恋
　留给后人们去看
（不看的后人醉花迷眼
不看的后人心不在焉）

哪怕看看书法也好
看看那些趾高气扬的大篆小篆
　像不像还没有入库的刀剑
做做样子可以马放南山
但是不做样子的权力和威严

则要镌刻在巍峨的山间
政治是一种艺术的手段
造势　则是手段中的紧要内涵

封禅
这是声势浩大的封禅
封石头为将军
（让石头管石头
否则　小石头会造反）
封古松为仙
（在层次上做文章
会营造出宗教的忌惮）
给泉水赐封品秩吧
（受羁縻的泉水
懂规矩　不会泛滥）
那些草们也得有个头衔
（否则　风来的时候
它们会意志不坚）

封禅是一种舞蹈动作
　表现了更多的肢体语言
信息的发射
　掩映在雍容的文字间
一次脚步的记载
一种仪式的庄严

都会变成一种招摇的旗幡
洪亮的祈祷念给人神
祝福　是祝权力的繁衍
保佑　也是保佑一把椅子的
不被突然折断

指鹿为马

指鹿为马
是让声音
　　制造谎言的庞大
庞大的谎言
　　会让牙齿开花

指鹿为马
是让目光
　　掩盖一切的惊讶
掩盖的惊讶
　　会让心灵害怕

指鹿为马
是让良心
　　服从于奸诈
服从的奸诈
　　会模糊一匹马

指鹿为马
是让剑锋
　　无言地说话
无言的说话
　　会让耳朵坍塌

指鹿为马
是让胎盘和子宫
　　在体外公开造假
公开的造假
　　会衬托手段的毒辣

指鹿为马
是让马怀疑鹿
是让鹿怀疑马
是让人怀疑自己的存在
是人的语言怀疑人话

指鹿为马时
　　所有的自尊与人性
　　　　都被无情地绑架

控告这些铁钳和铁锤

几千年后的控告
　　算不得太迟
残酷的铁钳和铁锤
　　留给了我们太多伤痛的记忆
那些被摧残的脚踝和手臂
那些人的自尊
　　和伟大的心理
　　　　都被折磨而留下了血迹
皮肉的溃烂
　　使每一个冬天的雪
　　　　都沉痛地战栗

人的自由
　　竟被轻易地限制
铁钳与铁锤的撕扯
　　羁绊了多少坚强的步履
伤口是千年的牢狱
囚禁着的

永远是目光的距离

控告这些铁钳和铁锤
它们的锈烂
　　并不说明自由的给予
诏令存在于每一寸空气里
空气中专断的手
　　比现实中的手更真实
被路限制的行走
被语言限制的思维
　　已使思想封闭
被皮鞭限制的创造力
　　已使动作缺少张力
摧毁这些铁钳铁锤
它们的暴力
　　曾蹂躏了所有的日子

不去计较一声怒喝
　　所带来的羞耻
不要以复杂的目光
　　去应对另一种目光的审视
哪怕是一顿拳头袭来
也只会伤痛一时
但我们要控告这些铁钳和铁锤
它们在人性的深处上锁

把死结扣在人的心灵里
它制造了举步维艰
它制造了欲言又止
它制造了环顾左右而言他
它制造了南辕北辙的悖论主题
它让伤口的血永远不干
它使心中的泪失去根基
它为阴影固守着肆掠的权力
它使方向失去目的
它把人变成看客
它的叮当作响
　　总在噩梦中响起

几千年的控告
　　应该更有底气
还我光亮的脚踝
还我心中的正义
还我的健步如飞
还我率性而为的初始

控告这些铁钳和铁锤
告一串钥匙的装傻和虚张声势

蒙恬开边

蒙恬开边

花香的马蹄开大道

大道　开一望无际的草原

草原的名字叫匈奴

匈奴的帐篷边

　飘着晚霞的炊烟

牛皮的地图上河流潺潺

线条的蠕动

　就是目光的繁衍

蒙恬开边　将荒野开出浪漫

五月的庄稼中

　星星在作绿色的呼喊

蒙恬开边

传说的毛笔开传说

传说　开一绢帛的美艳

美艳的名字叫黄河

黄河的舒展中

漾着几只猎鱼的羊皮筏船
沉睡的弓箭上鼾声四起
夜色稠密处
　　绵羊产下肥硕的秋天
蒙恬开边　将烽火开出良田
狼迹里长出了花朵
湖水在鱼甲中轻起波澜

蒙恬开边
千万茎麦苗齐擂鼓
百万胸腔的血彼此融洽无间
牛在反刍柳笛声
中原的花草　铺开了千里
　　草原人的锦毡

在秋风中　看秦始皇陵

不看那傲横的九五之尊
不看一张死去的脸的
　毫无内容
不看旗幡的灰烬
不看地下河的水银
　如何流动

想看的是　那些陪葬的冤魂
　是否超生
看侍卫俑是否长出了智慧和灵魂
看警惕的暗弩是否瞌睡
看铜马车的散架
　是否还保留着皇家的雍容

（我们在看秦始皇陵
其实　始皇陵也在看我们
　和平静的秋风）

（横扫六合的秦王

　　死在了自己的目光中
残暴的剑死在了剑鞘中
车轮死在轮辐中
马蹄死在蹄声中
野心死在欲望中）

在秋风中　　看始皇陵
不穿马甲的秋风
　　感觉不到自己的寒冷
巨大的陵墓罪恶地卧伏着
被一弯弯小路踏过
　　成无言的呻吟
野草阻挡不了枯黄
　　时时敲响自己窸窣干燥的钟
花的飘落是两千多年前的事
这里杀戮太重
这里阴气太沉
这里的白骨跳起舞来
　　会让人看不到有彩霞的黎明

一皇始　　千皇继
这是多么玫瑰的梦
消尽天下兵器为铜人
不曾想　　反抗者手中

草木亦抗争
大统一的余晖
　　被苛暴抹杀净尽
铁钳和铁锤的咆哮
　　无法保持天下的宁静
昏庸的宫殿里充满了女人的尖叫声
草泽间的竹竿会长出锋刃
　　会让天下的火
　　　　在一瞬间沸腾

不看一具尸体的愚蠢
不被所谓的伟大所愚弄
不看被一丘黄土永远锤击的
　　死去的祖龙
只听　老秦腔苍凉的悲吼
　　哪一句　不是在这里发声

鲁　壁

那些上古的语言那些文字
　　连同它们的佶屈聱牙
　　　都应该感谢鲁壁
感谢它以君子般的文雅
　　蕴藏了文化的根蒂
感谢它用厚实的胸腔
　　抵挡了专制和昏庸的火炬

当焚书的灰烬飘过它面前时
它无言　无言地沉默成一堵墙壁
以墙的宽厚和挺立
　　去对付喧嚣和无耻
它是自信的　自信
　　任何东西都无法消灭有色彩的日子
　　　无法让文字不成为有情的文字

壁内
安静的《论语》

表现了更多的成熟和睿智
《礼记》每天都用规范的手
　　向世界拱手作揖
《孝经》的言语忠厚而朴实
六国的文字都以思想的融合
　　和谐地睡在一起
文化的波涛在一壁内轻漾
潮起　是中国人的神思
潮落　亦是中国人的神思

鲁壁不看刀剑的肆掠
鲁壁无视月亮的盈虚
鲁壁蔑视天下的争执
鲁壁只是在胸中
　　保守着自己的神秘

鲁壁知道　总有一阵读书声
　　总有觉醒的理智
　　　会寻求到自己
那时　胸中的喷涌
　　将会使民族心态
　　　趋于和谐趋于瑰丽

李斯之死

出东门
牵黄犬
　是个理想
　　也是无法实现的梦的痴狂
斯时　刀在狞笑
铁铚挥舞着自己　叮当作响
所有的智谋都请君入瓮
一股简单的杀气袭来
要证明因果的毫厘不爽

峄山的刻石
　救不了李丞相
善辩的舌风
　救不了李丞相
合谋篡位的功绩
　救不了李丞相
指鹿为马后
　李丞相

救不了李丞相

聪明和才智
　　回头　会把自己咬伤
阳谋与阴谋
　　反噬时　也会消灭谋划者的眼光
物极必反反于一种粗暴
粗暴时　最有效的
　　是置人于死地的刀枪
刀枪简单
　　可以对付伟大的思想
(一枪毙命时
　　任何的高贵　都可笑都荒唐)
刀枪直接
　　可以消灭一切真相
(枪进枪出时　血
　　会把假象变成真相)
刀枪爽快
　　没有更多的彷徨
(刀飞枪舞处　生命的消失
　　会让一切从头开始
　　一切清清爽爽)

策划焚书的时候
李斯不知道自己

史·诗

邱新荣历史抒情诗精选

是一场灰烬最终的收场
密谋坑儒的时候
李斯亦料不到自己
　　是一儒　要被最后一锹土杀光
一场棋局　往往
　下棋的手最为荒唐
　　甚至　最为悲凉

难知　聪明的李丞相
死时　可想起韩非子目光的绝望
　可想一碗药酒的无情
　可想生命最后的恐慌

李丞相
　杀死了李丞相

四方游走的竹行李

肩上扛着力气
力气上面
  扛着竹行李

竹行李的路
  从一个个歇脚的小店
    吐了出去
竹行李的旅程在天涯
有芳草的天涯
  总会给竹行李一口打短工的饭吃

竹行李携书香
  给花香念出一溜秦音的文字
竹行李携衣
  在严冬暖出一炉御寒的火絮
竹行李携网
  到河中撒一尾金色的鲤鱼
竹行李携笑

在困苦时　让好心情

　　悄悄浮起

竹行李

　携着力气

（力气是凡人吃饭的工具）

竹行李携着肩头

（肩上有平民颠扑不破的日子）

竹行李携着路

（路是朴实的脚走出来的）

竹行李携着自己

自己的行走和责任

　才能护持自己

陈胜王

陈胜王的春天
　　是田野的春天
耕田的犁头亦疲倦
疲倦的种子也已下田
陈胜王望望天
天上飞过鸿鹄鸟和燕雀
　　还有白云那些不着装的脸
陈胜王想问天　问天
　　百姓吃饭为何这样难
问天天无语
陈胜王说无奈
　　说给乡间的伙伴

陈胜王的夏天
是暴雨的夏天
戍卒失期法皆斩
生死无门
门　紧闭在大雨天

手中的竹竿被果断举起
陈胜王　问天　问
　　百姓活着为啥这样难
问天天不语
陈胜王举大义
　　进行彻底的反叛

陈胜王的秋天
　　是王帐的秋天
农民的领袖
　　环伺着恭顺的刀剑
儿时的伙伴讨亲热
讨来的　是陈胜王
　　愤怒的脸
一声喝令杀断乡情
陈胜王
　　陷进孤独里边

陈胜王的最后一天
　　是笑容的最后一天
一条死亡的路劫掠了他
愚蠢的车夫
　　从他死亡的刀口上领到了赏钱
陈胜王想问天　问天
　　苟富贵　无相忘

是否是自己的诺言
但　天　已塌陷
　像一块黑布
　　蒙住了陈胜王的脸

陈胜王哽在胸中的话是
　苍天　做人　怎么
　　这样难

王侯将相宁有种乎

问苍天吗
苍天已被暴雨折磨得很痛苦
无休止的阴暗潮湿
苍天越来越糊涂
法是王法苦是民的苦
一家的鼎食钟鸣
　　是千家万户年年岁岁的积储
说不清有种乎无种乎
谁操纵权柄谁便是天下的主
苍天在上苍天邈远
谁敢不服
谁敢不服

问大地吗
大地已被贫穷蹂躏得更痛苦
没完没了的饥饿死亡
大地越来越荒芜
乐是皇家的乐无助是百姓的无助

一夜的舞袖笑掷
　是织女夜夜苦吟的机杼
说不清有种无种乎
谁持枪棒谁便主沉浮
大地无言大地厚土
冤愁何处诉
冤愁何处诉

王侯将相宁有种乎
揭竿而起
　便挑穿了神秘的幕布
王侯骄奢淫逸
将相唯祈自福
一场残暴的游戏
　原是因忠厚与善良的鼓舞
横扫千军如卷席后
方知　贵族不贵
　王族如鼠

且问　王侯将相
　宁有种乎

史·诗
邱新荣历史抒情诗精选

戟是什么东西

戟是英武挺拔中
　　一种弯曲和随意
是一种在伤口中间
　　寻找鲜血的无忌
戟在呐喊的时候
　　铁柄愤怒
　　　锋刃却无气势

戟是辕门外雪天中
　　一种瑟缩的呆板僵直
戟的肩膀上只有口令
　　只有装腔作势的呵斥
戟在夏天也流汗　　汗水
　　能打湿塞外炎热的沙地

戟被阉割后
　　会在宫门外无性地当值
戟在一盘肥羊肉前

大快朵颐
戟的胡须尽落
戟的嗓音变细
戟发动一次宫廷政变
　　会改变朝野的格局
戟会卖弄会专权
会制造很变态的悲剧

戟的冲锋向前
　　和咄咄进逼
　　　是马背上的事
飞腾挪跃是一戟
滴水不漏是一戟
戟的进退有序
戟的砍斫有章法
　　有层次

戟是这样一样东西
是一竿到底的突然转折
是一往无前的反戈一击
是霜天画角的凄厉
是慈眉善目的杀气

戟在敛锋伫立的那一刻
　　在美丽如弯月时
　　　最具有杀伤力

一幅庖厨图

庖厨图里没有羊
羊都放到南山上
羊的尾巴里有青草
青草　是羊和平的主张

庖厨图里有芹菜
芹菜长在绿色里
绿色里睁着芹菜的眼睛
眼睛　是芹菜的生机

庖厨图里没有牛
牛在肥沃的田野里行走
牛的蹄印里有种子
种子　是牛的意义

庖厨图里有萝卜
萝卜正在大地上刨土
萝卜缨上有水声

水声　是对萝卜的鼓舞

庖厨图里没有鱼
鱼都做梦在池塘里
池塘里眠着昨夜星辰
星辰　是鱼的记忆

庖厨图里有辣椒
辣椒在自己的红色上摇呵摇
辣椒的舌头上有警觉
警觉　是辣椒的奥妙

庖厨图里没有鸭
鸭在水上开自己的花
鸭的花朵里有条船
船　是鸭自己不沉的家

庖厨图里有把盐
盐睡在自己的雪白里边
雪白的里边是盐的甘甜
甘甜　是盐对自己的刁难

庖厨图里没有鸡
鸡躲在自己的鸡蛋里
蛋在鸡中营造自己的结石

结石 是鸡彩尾一翘的惊喜

庖厨图里有香油
香油是胡麻新发的彩头
彩头里边是浓浓的油香
油香　是一勺火爆后的葱花温柔

一幅庖厨图
是古人扔给我们的
　潇洒的砖头
砖头上的锅正在沸腾
热气　正把炉火煮熟

雁鱼灯

雁鱼灯的前世今生
　　是一只雁在窥视着鱼
　　　还是一条鱼
　　　　识破了雁的内心
或者　雁和鱼都感到天黑了
　　需要一盏古老的灯
还是　一盏灯成老翁
　　于笠下　观雁鱼的互换角色
　　　看一种交汇
　　　　或纷争

雁　是芦花浅水边的雁
归来　来寻去年南归时
　　遗落的鸣声
　　　寻找一不系舟在无人处
　　　　悠闲　如云

鱼是桃花流水中的鱼

溯流　于肥汛中
　　弄响一串银子的声音
秋闲的垂丝已不在
钓丝　已成古柳
　　婀娜随风

而灯呢　　灯
　　是书声黄卷的灯
　　　来打坐　静心
　　　　启悟久已丢失的本心
水边老僧已去　成旧塔
塔上　夕阳　喃喃地
　　诵一卷往生的弥陀经

雁鱼灯的前世今生
形象是果报
一片创意的目光
　　是因

上林苑

三百里的上林苑
　太阳飞上天
空气被箭镞撕裂
兽的目光与蹄印
　被猎犬紧紧追赶
草在自己的惊恐中埋伏
溪水无法逃离天边

一群鸟的飞翔
　带着伤口的呼喊
瞭望的哨旗
　望见鹿群
　　在鹿角里深陷
豪猪挺着自己的剑
　左突右冲后
　　冲不出一丈长矛的纠缠
山鸡的彩冠上
　滚动着野生的鸡蛋

羽毛的丰富
　　无法替换求生的简单

上林苑的刀戈
　　在平静的午后
　　　　勃发着粗暴与凶残
嗜血的欲望重生
重生后　是狞笑
　　是无视生命的肆无忌惮
所有的露珠全部被践踏
　　践踏后　彩虹瘫痪

三百里的上林苑
　　是生命的随时跌落
　　是喘息的弥漫
　　是风景被无情撕裂
　　是树木被击溃后的
　　　　无法复原

三百里的上林苑
晚霞在燃烧
燃烧在守林人的双眼
水声在呜咽
呜咽在二三声的画角里边
三百里的上林苑

被夸大和美化在一大赋文章的巨篇
一个叫司马相如的人
淡化了杀声和凶残
只表现了它的气势
和它的写实抒情与浪漫

铜镇　能镇住些什么

一对铜镇
　连同它的铜
　　都笑哈哈
笑哈哈的眉眼
笑哈哈的下巴
笑哈哈的傻样
笑哈哈的毛发

笑笑的铜镇
　究竟　能镇住些什么

是在河边镇水吗
河水肆掠时
一缕中庸无内容的笑
　并不能使河神害怕
千里巨浪过后
大地不留寸草
　田野没有庄稼

是在山边镇石吗
山石的崩塌
　　从不管笑容
　　　　有多伟大
贫屋淹没人相泣
　　砸了东家
　　　　埋了西家

是在天边镇灾吗
灾难降临时
一种单一而无终止的笑
　　并不能使灾难停下
漫天飞蝗　走过
颗粒无存
　　遍地蚂蚱

那么　是在镇一张绢帛吗
绢帛之笔墨
岂是空洞的笑
　　所能镇压

铜镇不能镇住什么
只能憨笑
用笑装傻

最后的笑
　是一种姿态一种夸大
夸大了的笑
　比原来的笑
　　更虚伪　更傻

透光的铜镜

透光的铜镜
　　挂在自己的天上
自己的天上
　　有自己的太阳
太阳的光是蠕蠕的虫
　　爬动着　布散光芒

一张美丽的脸
　　照在透光的铜镜上
花开过后
　　是更清晰的花的模样
花的模样有韵
韵是一种巧笑的扩散和飘漾

透光铜镜
　　生长在自己的光芒上
铜的性格柔密辉煌
　　使一切的融进

都具有了高贵和慈祥
透光铜镜照过自己的脸后
美　体现了更多的张扬

髯须　是无法长在
　　透光铜镜上
它的光洁与年轻
　　保持了一种永远和漫长
微微的额纹喘息
　　也无法使透光铜镜
　　　受到岁月的损伤

透光铜镜的站立
　　是站在某种高度上
透光铜镜的温暖
　　是温暖在一种久远的目光
透光铜镜的持久
　　是持久在那种从容的徜徉

透光铜镜是我们的一种表达
　　心静　没有什么
　　　能阻挡阳光的
　　　　流淌

一对雌雄玉蝉

一对雌雄玉蝉
　存在于相互支撑的
　　性感里面
梦中的露珠滚过野草
　柔软在夏天
树的绿风在柔腻中艰难跋涉
　却走不出玉蝉滋润的双眼

遥想一个星光的夜
星星咆哮在一切空间
蝉却静谧地自卫
自卫着歌声的清圆
水在鱼中的梦
　永远也做不完
溪水冲出山涧时
　寻不到蝉的影子与呢喃

蝉已沉入自己的静玉

沉入一种羊脂般的时间
沉入一种刀法
沉入线条的娴熟与干练

一对雌雄玉蝉
　　相互支持
　　　具有着浪漫性的庄严
闭拢的声音与翅膀
　　并不说明
　　　已失去了草丛与蓝天
绝对的静止
　　恰是一种目光的荡漾
　　　　与掀起波澜

秋天的果实们已经回家
准备在肥胖的年画上
　　展示自己的腮红与丰满
而蝉呢
　　蝉却进入了清贵
　　　进入了一种久远
它的精致
它的灿烂
　　都从最纯净的角度进行体现

我们进入一对雌雄玉蝉的

内心
却不能确切体会
　相互支持的温暖
但我们能感受到
　一对玉蝉理解的双眼
　能消解世界上的
　　一切孤单

史·诗

邱新荣历史抒情诗精选

拜将　设坛

彼此的相互让步
彼此的脸面
彼此的需要
彼此的各有打算

将军需要一颗印
（一顶威赫的头衔）
汉王需要更重的东西
需要礼贤尚能的美名
　天下流传

坛的高度
起自于一夜之间
这是对脚步的衬托
是更接近于空旷的蓝天
视野的骤然扩大
使人需要一种升起
　需要一种坛

而将军印呢
一印在匣
　　骚动不安
形体的沉重
　　和文字的空泛
总让人想到一些
　　被权力濡染过的脸

如今　是一步步
　　走向高高的坛
走向一方大印的扭捏
　　与傲慢
走向君王的心机
走向将军卑恭的企盼
走向高度之后的
　　预谋与谜团
揖让的袍袖飘起来
　　并不像风那样简单
授予和承接的过程
　　亦是蕴涵了更多的暗线
三军的目光全部失落在帅旗中
帅旗　只是一面光彩的茫然

拜将　设坛
把将拜给未来

史·诗

邱新荣历史抒情诗精选

阴险的刀锋
把坛设给当下的日子
和所有装点
将　会去冲杀挡箭
而坛呢　来日登坛
君王会赏风景无边

刘邦入咸阳

刘邦入咸阳

不敢入春风的锦帐

战旗在咸阳比较谦虚

　　没有表现过多的趾高气扬

战剑们也没有被放纵

　　不敢奸虐与烧抢

长远的目光促进了理智的成熟

成熟的刘邦　决定

　　让自己在未来的大风中

　　　　比青年时代更流氓

草泽间的梦

　　时时会弥漫到心上

那里有一把剑的传说

　　和两条蛇的模样

小小亭长的醉酒

　　也泛不起旧时的醇香

平台造就的英雄

自己对自己的疑问
　　比常人更强

刘邦入咸阳
带着一溜小跑入咸阳
（先入咸阳者可以王）
一顶帽子的诱惑
　诱惑着聪明的刘邦
未占的城池在观望
（刘邦不管它的观望）
未降的旗帜依旧在迎风飞扬
（刘邦不管它的迎风飞扬）
刘邦只找一条路
　那条路　可以最快地
　　入咸阳

刘邦入咸阳
　才发现
势力才是路
　才通向咸阳
只有激情与聪明
　进不了咸阳
一句盟约算不得数
信了它
便是自找荒唐

约法三章

不需要那么多的繁苛
不需要织密布的网
剪除芜蔓的枝叶
清除云翳的遮挡
只要简单而纯净的蓝天
只要一片明亮的阳光
呵　约法三章

对生命的保护
　是一种责任
　　而不仅仅是一种主张
让那些血液无压抑地活着
让百姓的静夜不再恐慌
许多目光的分散
　岂若集中在一束目光
一束目光的一个方向
　足以让生命的栅栏
　　平安吉祥
保护好千家万户

瘦弱的门窗
（他们的财产虽有若无
　　但　那是一种仅剩的希望）
要保护半瓮米的安然无恙
保护一件农具的平安摆放
保护一枚铜钱的叮当作响
保护家养的鱼
　　在自己的池塘中闪闪发光

呵　约法三章
简单中的复杂
复杂后的纲举目张
把微风还给天空
（不怕风在天空放荡）
把水还给河流
（不怕水会发怒后暴涨）
把微笑和松弛还给人心
（不怕人心会突然变样）

约法三章
只关注雪白的羊群
　　不去盯住每一只羊
约法三章
　　不问一滴水的形成
　　只看到一片蓝色的海洋

用金属算筹算账

这通灵的金属算筹
　会在时间里永恒地安放
拈起　便拈起了一种神通
　一种美丽的异样

用金属算筹算账
会算出有许多肥沃的土地
　被麦浪开拓
　　长在庄稼上
稻米来自于稻香
酒房　也会长出酒的模样

用金属算筹算账
会算出河流
　就在鱼的眼睛中流淌
渔网是船桨上生长的渔网
帆　来自于风的翅膀
一把铁器中

会走出无数的铁匠

用金属算筹算账
　　能算出千万条路
　　　都长着一双目光
　　车轮在车声中滚动
　　鼓角在西风中酝酿
　　驿站在酒旗中吆喝
　　酒壶在微醺中喧嚷
　　山会从石头中逃出来
　　　逃离后　是一匹孤独的野狼

用金属算筹算账
会算出　碑石
　　凝结在碑文上
石鼓的鼓声
　　是铭文在古朴地发响
竹简的耳朵长在刻刀上
音乐　挣脱了音符的羁绊后
　　会是天籁的乐章

呵　用金属算筹算账
我们被算过后
　　鼻子会长在早餐的饭铲上
　　眼睛会长在远眺的神情上

耳朵会长在空山的鸟鸣上
舌头会长在一杯挺立的牛奶上
身体会长在
一种浪漫的思维上

遥想鸿门宴

遥想鸿门宴
　那张古代的请柬
文字的满不在乎和霸气
　令人踌躇不前
一张张木然的几案上
　摆满鱼肉菜蔬
　　和虚假的脸
　　　摆满了辞令的客气
　　　　以及谋算

营帐外的旗幡
　已感到秋寒
戟剑偃伏在口令中
　看一只酒杯的眼色
　　随时准备发难
别有用心的舞剑
　已在剑鞘中化妆了自己的嘴脸
不情节的故事

却有了情节的紧张和惊险
酒的塌陷
　　成为死亡的深渊

一只鸡没有被煮熟的双眼
　　看到了所有的箭
　　　　都埋伏在弓弦上面
一场博弈
　　竟然是礼敬时端起的酒盏
生死对决间
目光是一条没有生命的河流
　　掀起惊天波澜

遥想鸿门宴
遥想它的不曾结束
　　不曾圆满
遥想英雄们的场景
遥想历史中的穿帮与真实
　　以及被生吃的猪肘子
　　　　所体现的生猛和勇敢

大美六艺

这是一种美的高度
　和美的距离
是美的含笑九泉
是美的生生不已
呵　大美六艺

乾坤是我们的覆载
　是提携和托起
我们的雄健
我们的自强不息
我们的厚德载物
　都来自于易理
一阴一阳影响着我们的思维
　也调理着我们的身体
辩证地看待世界
　使我们从容地应对了
　　许多问题
每天　我们都起伏在

六十四卦里
并不绝对的好与坏
　　使我们更聪明更理智
呵　福兮祸所伏
祸兮福所倚

无法离开诗的鼓舞
　　和激励
无法离开那些沉思
　　和讽喻
诗塑造了我们的温度
　　血液和肉体
一个农人对太阳的礼赞
一个工匠在火苗前的唏嘘
　　都使诗的存在
　　　不可否定　不可剥离
诗在庙堂时
　　会营造肃穆和安逸
诗在民间时
杨柳上的风
　　和飘雪的天气
　　都会给人带来释放
　　　释放那些难耐的淤积

书经说来的事

难懂　却真实
我们能找到的那些滚动的战车
　　和征伐的旗帜
　　　都有赖于佶屈聱牙的给予
那些文告
那些盟誓
让我们看到理由时
　　更多的　是看到寻找理由的他们自己
那些衷心的劝告
　　却发自心里
告诉我们懂庄稼
告诉我们懂粮食
告诉我们勤劳是美德
告诉我们　所有的收获
　　都要脚踏实地地去努力

不要去责备《春秋》
　不要说它藏头缩尾
　　欲言又止
尖利的刻刀与木讷的竹简
　从来就没有怀疑过自己的张力
条目式的记载
　是一种聪明的文体
孰是孰非
　自有后人评议

（后人会从《春秋》的皮肤
　　挖掘到骨头和血液里）
《春秋》是历经沧桑的老人
　　不会用过多的激情与絮语
　　　去冲淡应该保留的主题
《春秋》是智者　在会心处
　　会留下耐人寻味的谜底

所有的掠扰
　　都无法干扰礼
礼将一片恭敬举过头顶时
　　其他的一切都成为多余
礼是微笑的衬托
礼是美化了的举止
礼的拂过
　　可以使刀剑萎靡
礼使日常生活
　　清爽整齐
礼具有形体
　　但却不是喧嚣时
　　　虚伪的打躬作揖
礼的正视
　　也不是指责时
　　　对人不对己
礼有分寸有距离

礼是一种和善的中庸
　　和纯粹的不偏不倚

乐却直接住在我们心里
有时候只是在丝竹上
　偶尔表现一下自己
乐的美和庄严
　容不得任何低俗的侵袭
乐舞　舞一片衣裙的美丽
乐飞　飞满天霞光的精致
乐是一种浸润
　会把好的材质
　　浸润成美玉
乐是一种洗涤
　会洗刷精神上的污渍
乐的微笑是花
乐的奋起是用舞蹈
　带动我们的身体
乐的深沉　则是
　古筝上　一缕飘着茶香的
　　静夜思

大美六艺
大美六艺

霸王别姬

就那样
让丝绸的窸窣声
　　舞起
让一片乞怜的目光
　　舞起
让死亡前的恐怖
　　舞起
让所有的无奈
　　无奈地舞起

红颜　是对方的
　　知己
红颜　却不是自己的
　　知己
不知道来时的路
　　亦不知生存的依据
只让自己的名字
　　在刀锋上留下血迹

让一种美丽
　　撕裂后　消失

呵　虞姬虞姬
为绝望的目光
　　保留自己
为冷酷的刀
　　证明自己
而说明自己
　　却不需要什么东西

一张脸的灿烂
　　失去本质
　　　是空洞　是空虚
一份娴雅的气质
　　需要微笑的护持
一片舞袖的婆娑
　　离不开婀娜的哺育
而一种死呢　死
　　竟需要血
　　　需要一种塌陷的结局
　　　　去高高举起

霸王别姬
不是再一次的等待和分离

不是一种宽慰和给予
霸王别姬是姬别霸王
是自己的了断和剥离
是自己回归到无血的年代
是自己去寻乡情的柳笛
是自己从战场出走
　　走回无霸王的日子

史·诗
邱新荣历史抒情诗精选

陶响鱼

陶响鱼
　　并不游在水里
而是在音乐里亮翅
　　亮沙捶的翅

　一架笙
　　或一管筝
　　　被它唰啦啦扣动时
　　　　会颤抖
　　　　　会奔向同一主题

　陶响鱼
　　活在自己的响声里
　　活在自己的鱼鳞里
陶响鱼在几案上
　　瞪起眼睛时
　　　黎明会被惊起
惊起的黎明

是一只不眠的
　　公鸡

陶响鱼
　　温柔沙啦啦刚烈沙啦啦
　　　做派和目标永远统一
陶响鱼不见异思迁
陶响鱼不攀高高的枝
陶响鱼只是低调
　　是低调而厚实的自己

陶响鱼
　　在古乐中响着沙哑的嗓子
　　　是反穿在辉煌上的衬衣
陶响鱼在音乐中游动时
　　所有的音符都成帆的样子
　　所有拨弦的手　都是游动的船只
　　所有的网
　　　　都被陶响鱼
　　　　　幽默地撒了回去

三秦大地

来自土地的喧响
　和那些随风的麦浪
　　从未屈服过武力和刀枪
绿色的沁出
　和花朵的开放
　　带来了更多的生机和力量
呵　三秦大地
遍地青铜的吟唱
　唱出了漫天柔腻的星光
一把袍袖的甩出
　能甩无数水袖的池塘
飘云的山巅在舞云
　舞出了风的模样
牧牛的野草被牛牧
　牧出了小路的溪唱

从大山里走三秦
三秦是一种高不可攀

是一种高亢
从关口里走三秦
三秦　不曾有任何的懈怠和惊慌
从河流中走三秦
三秦的水声
　　能走出渔烟的苍茫

三秦所有的积淀
　　来自于汗与血的酝酿
三秦的肥沃与滋润
　　是因为　掩埋过所有的战场

三秦大地
　　是产生茅屋　雨雪
　　　和阳光的滥觞
三秦大地的一张渔网
　　足以让许多水
　　　默默流淌
三秦大地很宽博
　　包容一切的荒唐
三秦大地很具象　秋来时
　　每面山坡的树上
　　　都挂满了它金色的铃铛

史·诗
邱新荣历史抒情诗精选

一条未过江东的船

大江
　　停在船边
船
　　停在桨边
桨
　　停在场景边

未过江东的船
千年存在
只是一缕温暖的概念

是要坚持将刀枪渡回江东吗
难道江东仍需要战火的蔓延
是要将杀机渡回江东吗
还要让战争的马蹄
　　继续践踏江东的稻田

未过江东的船

是一种虚构　是浪漫
是故事的结尾
　并不需要的惊险

百姓的尸骨
　已堆积如山
二十万降卒的魂
　都在喊冤
荣华富贵
　竟需要鲜血和生命的铺垫
因果不爽
欠债还钱
劫掠的矛
嗜血的剑
　粉身碎骨千万遍
　　又能还清天下多少亏欠

清醒的账
不需要糊涂的清算
决绝的江水
　也不需要一条小船
江东父老请回
无视生命的英雄
从来　就无颜

史·诗

邱新荣历史抒情诗精选

彩绘铜镜

那些马车要出行
在春天　要走出彩绘铜镜
走到西汉的芳原
　去谛听湿润的鸟鸣

那些狩猎的场面
　也要出行
于秋天收获的季节
　去追赶肥硕的鹿蹄印
　去捕获辽远的蓝色天空

那些宴饮呢　宴饮
　也在酒杯中熟睡
　　发出了浑厚的鼾声
就像他们的鞋子
　做着关于行走的梦

植物的根

在铜镜中　扎得很深
红色的叶片里
　　跑动着红色的风
　　跑动着红色的香气
　　跑动着果实的沉重

而那些动物们
　　则无法整理自己的眼神
在一方铜镜的图案中奔突
　　或兴奋　或惊恐
但总是跑不出一笔线条
　　一抹彩绘的沉稳

这是一面彩绘铜镜
光的徜徉与色彩的流动
　　都使它表现了更多的兴奋
它的兴奋　是
　　眉毛在动
　　眼睛在动
　　鼻子在动
　　情绪在动

曾经　在它的镜面里
　　浣洗过许多面容
　　　制造过无数惊叹和生动

曾经　在自己的沉溺中
　　做过一白面书生的梦

现在　是彩绘
　是铜镜
是一口古井中的水
　渴盼着天上一轮月亮
　　很清辉地光临

读西汉的铁犁

读西汉的铁犁
读出犁下泥土翻卷的
　　土地
土地的芬芳在牛的后面
　　轻柔地四溢
惺忪的雾气
　　挂在柔嫩的绿枝
种子的梦伸手可触
　　圆润而又真实
一张犁的走过
　　使所有的柳笛
　　　　充满了生机

读西汉的铁犁
读出一条小河的舌头
　　对土地的致意
鸟的翅膀来自蓝天的
　　白云里

风在蓓蕾中醉过后
　　醉成了一条跨进春天的鲤鱼

想　一片铧犁
在冬天
　　忍受着难耐的孤寂
雪花的飘落
　　让它感受了太多的寒意
流水的声音和蟋蟀的声音
　　都在落叶中死去
暖风的远离
　　使它曾经的伟大和咆哮
　　　　变成了斑驳的锈迹

但　我们的目光
　　却盯驻在这片铁犁
这是锋刃的假寐
这是梦与现实的空隙
这是一场巨舞的小憩
这是一种不可用世俗的目光
　　去考量的冲击前的蓄势

我们辽阔土地的魂
　　正是这静静的铧犁
我们仰望天空并寻找的龙

正是这低调的铧犁
我们让所有季节都丰满的抓手
正是这伶仃的铧犁

一片铧犁
不屑于夸大自己
它的奋起
才是生活真正的开始

在西汉匈奴牧羊图前的畅想

我的兄弟们
不要摔落你们牧笛上
  善良的牛羊
不要惊扰天边
  那一轮孤独的太阳
抓一把草原风
  系在腰上

一道长城的隔绝
  已让我们
    丢失了许多交融的目光
雪落荒原时
  牛粪的灰烬并不能驱赶凄凉
洪水滔天时
  我们也无法挽救自己的麦浪

我们很真诚地
  看你们牧羊
在一幅图前

看草地上白云的飘荡
看牛马的眼睛中
　　湖水的波浪
看你们的身影
　　被岁月拉得很长很长

不要管那些弯刀
　　被聚拢在一起时的喧嚣轻狂
不要管战马奔腾时
　　许多脸孔的冲动和愚盲
我们的血泪交融成一体
任何的锋刃和野心
　　都会成为残暴的徒劳和妄想
谁能切割开我们目光的相望
谁能踏断我们心声的碰撞
谁又能在有限的时间和舞台上
　　让一个和谐大家庭的喜剧
　　　中断　或早早收场

一幅牧羊图
只有用心去破解它的秘藏
　　才知道所有闹剧的荒唐
谁把序幕作为尾声
谁　便会在结局的相拥中
　　无所适从　惊慌万状

筷子在西汉

筷子在西汉
是一片竹林
　　自己解馋
风的嘴巴咀嚼不停
　　却嚼不出白云深处的盐
竹叶青处跑来了泉水
泉水的自濯
　　使筷子奔向所有的饭碗

筷子在西汉
　　是玉石的
　　　　自恋
山的臂膀遥遥伸出
　　却够不着西域的胡椒面
石花开时飞来了蜜蜂
蜜蜂的飞掠
　　使筷子参加一场场盛宴

筷子在西汉
是漆王国里的
　　一阵骚乱
色彩的耳朵倾听不止
　　却听不出炉火中的火焰
漆的歌声里迸溅着声音
声音的崛起
　　使筷子躺在餐桌上面

筷子在西汉
　　是一群大象的
　　　　灾难
森林的幕布遮蔽半空
　　却庇不住象牙的痛喊
绿树深处射来了醉箭
箭的肆掠
　　使筷子匆忙得顾不上自己吃饭

筷子在西汉
使所有的嘴巴
　　都变得自在而又舒坦

致西汉烤炉

放过那些鱼吧
它们的被烤
　　是一条大河的伤痛
　　是湖水的伤痛
　　是海面的伤痛
鱼的母亲和儿女们也会哭泣
哭泣的　还有整座龙宫
在网的面前
　　它们已无奈万分
而面对火的沸腾
它们的血液和骨肉
　　将面对多少惊恐

放过那些鸟吧
放过那些善良的鸟鸣
放过森林的牵挂
放过草丛的揪心
一只只鸟巢正在远方张望

想看到归来的翅膀
　来喂饱幼稚饥饿的眼睛
生命赋予它们的并不是很多
只是一粒草籽　一巢茅蓬
　一群唧唧喳喳的羽毛
　　和作为母亲的爱心
在被捕后它们依旧很善良
　善良得将火苗当作花丛

放过那些小兽吧
它们刚刚开始自己年轻的生命
无非是贪恋一方水草的鲜嫩
　它们跑丢了自己的母亲
离开了母腹的呵护
在春天　它们都会感到很冷很冷
它们的父亲早已发疯
　疯成了漫山遍野乱窜的风
它们的目光已开始塌陷
　塌陷成了绝望的深坑

放过一切生命吧
生命是母胎中一次艰难历程的
　伟大完成
是牵肠挂肚的呻吟
是九死一生的真情

是宁肯舍弃自我也要全力呵护的
　触目惊心

放过一切生命吧
不管它是胎生还是卵生

萧规曹从的感想

有那种必要吗
在一口井边
　　再挖自己的井
以标新立异
　　去博得虚妄的声名
千里浮云散尽
人们看到的
　　只有湛蓝的天空
无数的繁星闪烁
谁又能保证自己的长明

萧规曹从
一张蓝图干到底的真诚
在原来的井里挖下去
　　直到听见美丽的水声
萧规曹从
一条接力棒的新征程
在原有的基础上起建

建起直入云天的高层
（超越梦想

　　原本就是一梦
一梦实现是价值是舒心
一梦荒唐
　　则是灾难是愚蠢）

后来未必居上
成年的酒
　　比新酒更绵厚更甘醇
谁道新生胜老生
一抹白发的智慧
　　会更稳健更清新

萧规曹从
是从一种高度
从一种率真
从一种长远
从一种无法突破的圆润

真的　何必
　　在一口井边
　　　再挖一口井

刘邦祭拜孔子

史·诗

邱新荣历史抒情诗精选

权威的头

向布衣的道德跪下去

向《论语》跪下去

向传道授业的艰辛道路跪下去

向诲人不倦的大愿跪下去

向中庸的微笑跪下去

向视功名如浮云的潇洒跪下去

惯见了刀枪的无忌

惯见了权力的颐指气使

见这九五之尊的屈膝

始信　人间

　　黄金万两不如三千弟子

赫赫天之子

　　也会输给智慧与道德从容的步履

想想孔子沐乎风的时候

　　其实很顽皮

想想夫子弹琴的那一刻
　心情很忧郁
想想子在川上时
　　浩叹逝者如斯的表情
　　　会带着更多的个人情绪

而帝王　却向他跪下去
帝王需要率真地忠诚自己
帝王需要别人为国家的事忧虑
帝王需要别人效忠自己时
　　要只争朝夕

孔子端坐在塑像里
长袍中的风蠕动不止
伟大　表现在平实
高贵　体现在谦虚
他的目光飘得很远很远
　　并不在乎脚下的职位高低
他在想　有朋自远方来
　　那是很快乐的事

而帝王的头
　重重地叩下去
帝王祈求孔子
　帮自己巩固权力和统治

孔子享受的是一缕烟火

而帝王　却享受

　天下的富裕

　　和至高无上的权力

史·诗

邱新荣历史抒情诗精选

公开的卖官

明确地
  让道德和智力
    服从于金钱
让高贵的忠诚
  屈从于低劣的手段

一顶帽子很具体
  也很灿烂
但一顶帽子
  就是一大把金钱
金钱的白痴
  会被帽子戴出光环
理性的智慧
  会在帽子前
    露出贫穷和难堪

没有战争
将军的威武
  是一种虚泛

不需要公平
明断是非的机敏
　　也会成为扯淡
官是平平庸庸的做
帽子是稳稳当当的悠闲
是是非非哼哼唧唧
　　也惹不出天下大乱
天下大乱是后来的事
　　与公开卖官何干

可以公开卖官
和平年代
　　往往金钱说了算
制度的合法
　　并不使人觉得难堪
一个大富翁的天下
需要千万大富翁的贡献

好在　帽子的制造与发放
　　不是那么的困难
因官可以设位
因钱可以设官
卖掉名额换来金钱
不伤血不伤肉不伤尊严

在汉代　可以卖官

文景之治

换一个角度去管理
无为而无不为时
　田野里　反而更长粮食
黄老学说其实是顺势
　是丢开束缚的松弛
让微笑简单
让话语明晰
让一切都蓬勃生长
　休养生息

鹅的世界在池塘里
鱼的世界在江河里
鸟的世界在天空
而兽　更适应生活在深山里

●一只笼头
　不可能提供自由的奔驰
一张网

不会张开更大的天地
而一颗颗紧张焦虑的心
无法产生更大的活力

将那些苛繁删去

将那些威猛剥离

让土地上欢跑的犁

少些羁縻

让开山的手　不因顾虑

而多出些犹豫

放任中　保有目光的警惕

简单里　存留耳朵的觉知

黄老哲学并不教人事无巨细

黄老哲学只提供一种伟大的简易

在粮囤里验证文景之治

（粮囤的稻米雪白流脂）

在织机上验证文景之治

（织机上织物鲜光秀丽）

在厨房里验证文景之治

（厨房里的气味油香四溢）

文景之治是大方向的不偏

是小事情的不拘泥

一块制酒的画像砖

一块砖头留给我们的
　　是粮食的颗粒
　　是一股浓浓的酒意
火光映照下的汗水
　　都那么真实
　　　　具有着超越凡俗的意义
我们长久地醉于一种高贵
　　醉于一种粗犷的精致

那架织机
　　鸟一样叫着
　　　　给我们带来了更多的信息
我们看到一双手上勤劳的筋脉
看到一张脸在声音中的惊喜

一匹马和它的马车
驰进一块砖
　　驰进院子里

使一条缰绳
　　在瞬间萎靡
酒缸的排列
　　带来的生动
　　　不是一块砖
　　　　所能尽知
一座作坊的外延
　　让大片的田野
　　　都喷香　都具有了情欲

阳光　应该在窗外
　　表现了一丝的迟疑
坊内的喧腾
　　冲破了厚厚的砖壁
　　成为意境和主题
（外在的照射总有些暗淡
　　无法与生活的写照对比）

一块砖所携来的画面
　　让时间具有了体积
一种有体积的时间
　　让我们的心
　　　撞击到了一种伟大的东西

苏武牧羊

冰天雪地的泪
　痛苦地流淌
疲惫的眼睛
　天天都在仰望
仰望一年又一年的鸿雁
　飞在天上
仰望着白云
　在草原上换穿着衣裳

移动的羊群
　在草尖上流浪
孤独的毡包
　悬挂在炊烟上
湖水的波光
　也像是泪水流淌
呵　苏武牧羊
单调而苦难的日子里
　矗立着出使的旄杖

回望长安
长安已不可望
只有风吹过来
　　推着草浪
　　　　一直推向远方
时间的脸
　　永远是一种模样
十九年的期盼
十九年　只有梦中才能看到家乡

把朝霞放牧在草原上
所有的露珠都在歌唱
把晚霞放牧在牧场
放出一路牛粪火的喷香
把自己的心放牧了
心　却更加惆怅

匈奴的老王换了新王
苏武的白发和胡须
　　依旧在牧羊
家乡的方向
　　是已被看出泪水的方向
一抹地平线的消失
　　把来时的路

更加推向远方

呵　苏武牧羊
坚贞的信念在牧羊
不灭的期盼在牧羊
对一种目的的自信
　在牧羊

苏武牧羊十九年
十九年的天高云淡
十九年的雨雪风霜
十九年的绝望与希望
十九年在一盏油灯下
　半夜三更的独步彷徨

西出阳关

西去的路
泪不干
故人走在前
或走成白骨
　散落在道路两边
或走成了英雄
　　走到遥远的天边
呵　阳关阳关
歌唱三叠的阳关
相送的背影早已模糊
模糊的　还有
　送别的泪眼

渭城那场雨
下在后来
　也下在从前
两个人与一碗酒的话别
　距阳关很远很远

酥雨润物
　润不透焦躁的阳关
客舍里的相揖
把一条路
　分开两边
柳枝们
　是招手在春天
青青柳色飘过窗外
西出阳关
西出阳关的绝望
　是寻找不到故人
　　以及告别的那一天

西出阳关
阳关外的荒漠
　恐怖而阴险
阳关外的驼铃
　干燥而又疲倦
西出阳关
阳关本身是一双泪眼
哭到伤心处
咳嗽　咳出城门上
　那些伤感的刀剑

循　吏

这样的脸
　从不阿谀
万般微笑
　只认一个死理
认天下和平
百姓富裕
认河清海晏
认四海如一

原则性
　是他们心中
　　不倒的旗
执著于正义
可以将生命舍弃
一丝不苟
或细节不拘
都会使经历的事
　变得理性充足

且分明得不差毫厘

这是一种兢兢业业
　是忠于本职
　是无怨无悔地守护
　是一颗公正的心
　　对待田野
　　对待民意

他们的出现
　和所占有的位置
　　是骨骼在正确的地方
　　支撑着肉体
虽然有疮疤和脓汁
但他们的存在
　注定会推动国家机器
　　会使偏离的路程不再偏离
　　会使伤口复原
　　　且焕发出新的生命力

他们是远离朝堂的一种
　存在和支持
他们以力行完满道义
有时　他们的刀会举起
　无情地

让某种污血战栗
但他们总是注视着大片的风景
并能看到蜜蜂
在风景中酿出了金色的蜜

酷 吏

他们的工具
是罗织
是刑具
是监狱

他们总是顺从一双眼神
　并放大性地
　　揣摩旨意
构连的手段
　使所有无辜的目光
　　都有了服罪的恐惧
诱骗的陷阱
　使猎物深陷其中
　　而不得自知

他们把无辜的手按下去
　在莫须有的罪供上摁下手指
他们从不在乎冤情血泪的哭泣

请君入瓮后
　他们只需要完善
　　早已编织好的程序

掘开鼠洞
　将偷食的老鼠审判后杀死
榨取民膏
　把砖头榨出油脂
他们刻毒到自己不相信自己
恶狠到不顾天下侧目
　只用刀去清除异己

法在他们手中
　越来越繁密
　　成为网成为铁桶的模式
他们浑浊的目光
　因充血而越来越看不清自己
他们总在寻找着
　寻找猎物并将之咬死
他们已经兽性化
只是　每天例行地
　穿一件人衣

他们举起的皮鞭上
　永远没有怜悯和良知

他们使一切紧绷
　最后绷断了自己
他们是酷吏

后来　他们向自己的刑具
　恐惧地爬过去
因为　他们遇到了新的酷吏

汲 黯

向一种简单和憨直走过去
丢下随从的车骑
走向辞官的田里
看热天里牛的气喘吁吁
看到秧苗
　　正在田野里旱死
看到民间疾苦
　　父子相食

不去请什么圣旨
(圣旨是手中的钥匙)
开仓放粮
先拯民于垂死
一颗脑袋自己提起
为民一死是我愿
杀与不杀
　　由你

直话直说

不需要修饰的言辞
指正错失
　　就是指正错失
不在颂歌中
　　表达自己的意思
拐弯抹角　　鄙夷
巧言令色　　鄙夷
把什么样的路都走过
　　直着来
　　　　也一样直着去

东海郡内的凉阁
　　凉风习习
太阳升起时
　　一切都简单到极致
汲黯的简单是早睡晚起
不去管下级的事
不去进入另一个层次
让田野绿色在农人手里
让炉火蓬勃在匠人手里
让花草生存在自己的意境里
让河流去抚慰自己的鲤鱼

汲黯睡着又睡起
睡起的汲黯
又懒懒地翻开昨天读剩的
　　《周易》

一件说唱俑

说起自己的心事
他的泪
  流在心里
喝彩的掌声早已远离
故事的留存
  是为了寻找一个
    圆满的结局

说了些天下兴亡事
说了些爱情故事
说破嘴皮
  说不动那些顽固的愚痴
说给他们的是道理
他们听的是哈哈一笑的事
说东说西
说自己的一腔辛酸
说人间许多不平之事
闲散的零食蜕了满地的皮

脚步的离去和时间的消失
　　使自己成为俑
　　　把迷惑和不解
　　　　说给偶像的自己

已经不记得
　　唱过什么曲子
音节的逃离
　　和嗓音的丢失
　　　都无伤形象
　　　　无伤未来的日子

这是说唱俑
笑纹
　　被额头高高举起
一只鼓躲藏在鼓声里
一把鼓槌
　　表现得幽默而顽皮
手舞时
　　风找到了自己的影子
足蹈时
　　音乐产生了情欲
管他谁家盛宴
管他醉后的无序
一只说唱俑在说唱
一直　把自己乐死

司马迁写《史记》

是一盏瓦灯吧
　照耀着下巴和发际
（下巴上没有胡须
胡须　因为仗义执言
　而被下了蚕室
被阉割后的胡须
在沉默　在沉思）

凭借愿力
太史公　动他的笔
　开始追溯远古
　追溯道德的黄帝
河流山川——复活
古老的战争
　从头开始

伏羲氏的火
　燃烧在光明里

神农氏的草药

　　煎沸在现实的锅里

殷商王朝走进了它们的《本纪》

高高的山冈上　一群马奔来

告诉我们　大秦帝国　从养马开始

太史公写《史记》

阪泉之战杀声四起

帝王将相纷纷摘下了面具

秉笔直书后

刘邦是刘邦

项羽是项羽

流氓的手段

　　掩不住治世的功绩

英雄的风流

　　代替不了滥杀的劣迹

不是一好到底

也不是一坏便无从说起

人性的起伏与多姿

　　让每一个场景

　　　都可读　都丰富而充满寓意

那些策士们的游说

无非是

　　求得一席生存之地

那些贤人们的苦心

　　只是教人厚朴

　　坐下来　静观天下大势

后宫的阴谋与奢靡

　　浸透了女人争宠的心计

商贾们的游走

　　使货物流通在大地

志书里的粮食和货币

　　充满中国人的经营意识

　　尊重大地物产

　　不豪夺抢取

一篇艺文志

　　则写尽文人的风流与固执

　　　固执地传播文化

　　　固执地灌输义理

太史公写《史记》

每一张脸都生动地

　　讲自己的故事

每一篇策论都能合法地

　　强词夺理

每一场战争

　　都能无情地展露自己的功过得失

每一封书信

　　都能将自己的事

和国家的事连在一起

太史公　在写《史记》
门外　站着不安的汉武帝
打仗太多的武帝
　不喜欢司马迁
　　不加粉饰地记载自己

飞飞的赵飞燕

从疼爱的掌心飞起
　　飞成宠爱的飞燕
以性器官的优势
　　和那张可爱的脸
　　　　去占领
　　　　　占领君主迷惑的双眼

肉体的武器
　　赤裸裸且简单
　　可以进攻
　　可以发射子弹
面对欲望的靶心
　　枪枪满环

在彻底的掌握后
　　可以撒娇
　　可以让床呐喊
　　可以为他人讨官

可以随心所欲
可以杀死厌恶者的脸

在朝堂与床第之间
进行裸体的召唤
唤一个男人扑来
唤一次无忌的淫乱
不管如山奏章的闲置
不管民间田野的荒芜干旱
用乳房去指挥君王
再用君王去实现自己的意愿

飞飞赵飞燕
飞在一张桌子上
两条裸腿肆无忌惮
各种姿态的随意变换
制造了性欲
制造了欲望的冒险

飞飞赵飞燕
飞到绞索前
绞索的冷笑不受诱惑
只是追问
过去的糜烂

青 冢

婚礼
　散了
一只酒碗
　放在了大草原
浅草
　为它织一件汉家衣衫

写给班婕妤的诗

不需要留下名字
只要留下诗
留下一种韵味
让一个时代的人
　　感受那种笑意

那把团扇中的风
　　也许　已有些过期
被扑扇的流萤
　　也早已化去
但我们不能否定
你的眉目中那淡淡的游丝
　　那是真正的诗
　　才下眉头又上心头地
　　　　让我们看到了一颗心灵的
　　　　丰富与良知
　　　让我们体味到语言的节奏
　　　　舞蹈在其中

婉约而又美丽

散落的诗章中
　没有过多的干涉
　　和讥刺
但那种幽怨的背后
　藏着的　不仅仅是女人的心事
　会有一些可触摸的隐喻
　会有一缕忧患的目光
　　裙带般地飘拂在现实

眉是低垂的
低垂成一个温润如玉的小女子
但心却是高高地扬起
扬起的心
　会周游八极
　　绝不会在俗世中拘泥
　　　不会在脂粉的庸熏下
　　　　浮华地萎靡

诗本身也是有形象的
在西汉　一首诗的名字
　叫班婕妤

在夫妻宴饮图中饮宴

平静地收获
没有那么多的激情
没有那么多起伏
只有目光的相互信任
只有灵魂中的相互安抚
这是夫妻的要素
　是家庭的要素
　　　也是一张夫妻宴饮图

没有了防备
（遮掩是自己给自己找苦）
没有猜疑
两颗心无怨地
　走在一条道路
没有计较
界限在时间中
　越来越模糊
你的脸上

有我的眉目
我的皮肤上
　　有你辛苦的尘土

呵　　夫妻宴饮图
齐眉对案中
　　一切都很平朴
酒中的波澜不惊
箸下的家常菜
　　坚定而又牢固

一张夫妻宴饮图
一个家庭的和睦
欢笑从心底喷发
温语在真情中发出
所有的颜色都是火
　　烘托着伦理的温度
所有的线条都是臂膀
　　聚拢着相融的心湖

宴饮在夫妻宴饮图
汤勺歌唱
筷子起舞
油盐柴米的繁琐
　　意义都很丰富

一件酒肆画像砖

一件酒肆画像砖
　是一个柳青色的春天
春天的笛声被柳叶吹响
笛声响过后
暖风　会抚一路绿
　走过石桥边

当垆的酒
　刚被一玉手温暖
暖暖的酒香
　使一扇窗露出了自己的脸
一张脸的美
　可以是典故
　可以是香艳

是谁的独轮车
　走进了一块砖
走进了吱吱作响的春天

春天的路
　　在春天的车轮上飞转
春天的人
　　走进了自己
　　　　春意浓浓的双眼

飞奔的人
　　飞奔在一件
　　　　春意溶溶的画像砖
春天的脚步
　　永远是那样慵懒
不必匆匆去追赶
走到解冻的历史
就能触摸到
　　酥软的春暖

第一个沽酒者
　　已醉进一块画像砖
倚窗的背影
　　飘阵阵酒的香甜
买酒的女子请出来
　　走出自己的春衫
清脆的笑卖
　　会使一块砖陶醉得酥酥软软

史·诗
邱新荣历史抒情诗精选

白马驮经

无色无相的佛
　　却显金身
大汉机缘具足
迷失的游子
　　需得寻找自身的宝物
　　　开掘光明的自性

神通的变现
　　入帝王之梦
　　　启发久已迷失的心
过去世不可得
现在世不可得
未来世不可得
因果不爽
终有报应
六道轮回
　　缘于业力的形成

于是　迎取

迎来了觉世的真经

白马的昂扬

　开启了洪钟

大法东来

法分三乘

有缘得遇佛

佛度有缘人

三藏十二部的传入

　是两匹白马先打头阵

天竺的高僧

　带着慈悲之心

　　走进东土

　　　走进大汉文明

经卷的吟诵早已响起

不打妄语

没有昏沉

只有心外无物

只有奋勇舍身

白马驮经

般若智慧

圆润究竟

天女雨花

史·诗

邱新荣历史抒情诗精选

狮子吼声
巨大的震动
　布满大地与天空

白马驮经
经中　佛
　以文字现身

一个石人俑在抚琴

哪怕变成石头
也是一往情深
在弦上
　寻找自己蓝色的天空

陶醉在音符中
在音乐的世界里
　目光是一口轰响的钟
　是一面帆影
　　带来的渔歌和黄昏
　是详鸟聚集在浅滩
　　雪白的翅膀掠过沙洲

一个石俑在抚琴
石人　石指　石弦
　却抚出了高山的声音
　流水的声音
　翠鸟的声音

和石头本身的声音

这是抚向远方的琴
在一条河里
　抚弄活泼的鱼群
在一座山里
　抚响一串串鸟鸣
在所有人的胸腔中
　抚动一种共振

容许那种目光的放纵
容许那张脸的荒诞不经
容许微笑的没有分寸
这里的主角是音乐
　是音乐陶醉后的石人
一种美丽的得意
　定会带来美丽的忘形
忘形后的人也是音乐
　是一种动荡的声音

一个石人俑在抚琴
音乐本身在抚琴
抚动的弦上
　有一个伸着懒腰的黎明

在绿釉陶望楼上眺望

在绿釉陶望楼上眺望
可以望见　原野上
　所有的花朵
　　都开在蜜蜂上
渠　流在渠水里
麦浪　在镰刀上张狂
豆荚开花　开在蓝色的汪洋
鸟　飞在清脆的啼唱

可以望见　风景
　弥漫在所有目光
黄昏　剪影在晚霞中央
可见　所有的池塘
　都荡漾在鱼身上
驶来的船
　在白帆中飘荡

　　在绿釉陶望楼上

眺望

长风里生长出了一扇扇门窗
千百面明镜
　　携来千万张脸庞
脸庞的美
　　飘来幽幽的胭脂清香
一阵古琴从纤指响起
响起的琴弦
　　有一只渔舟
　　　　在傍晚悠悠清唱

这只绿釉陶望楼
　　也在张望
望见自己的檐角
　　想飞到天上
望见斗拱
　　向北斗星伸出了臂膀
望见头顶上的星光
　　变成钱币叮当作响
望见楼内张望的人
　　消瘦得只剩下清纯的目光

在绿釉陶望楼上张望
望见自己成为时间的模样
　　在高贵的额头
　　　　佩戴着皱纹的徽章

想起了那些屠城

想起那些屠城
才知　心灵的残暴
　　比凶器　凶狠千万分
无辜的血流在脚下
我们的土地
　　变得更加沉重

守城者　用刀
　　驱赶百姓守城
攻城者　用剑
　　逼迫百姓攻城
谁胜谁负殊难料定
冤死的
　　总是那些柔弱的百姓
百姓的血
　　贱如灰尘
尘埃落定后
　　一切　似乎却很平静

但　我们总会想起
　　那些屠城
那是一把剑
　　砍向父母的脖颈
那是一杆矛
　　刺穿妻儿的心胸
血流三万
　　飘起三万死魂灵
三万死魂灵的后面
　　追赶着千家万户的哭声

不堪卒读的冤情
　　遍布在善良的眼中
屠城的将军狂饮后
　　醉在鼾声中
一家一户的被屠杀
源于一种愤怒
　　一种心胸
　　或一种漫不经心

残暴的刀
　　却依然在粉碎着生命
仇恨衍生出仇恨
他年　又将在某地
　　爆发报复的屠城

投笔从戎

投笔从戎
谁愿意
  做一个抄录的书生
局促一室
目光一日比一日愚笨

蓝天的辽阔在窗外
窗外　是无边无际的
  风景

让这笔
  在几案上去独自郁闷
让这墨
  在纸上留下旧日的斑痕
狂野的脚步已启动
要奔走边疆
  展示男人的雄风
一身戎装的威武

在某种时刻
　　是男儿的青春是魂
大丈夫心驰八极
　绝不拘泥于一间屋子
　　或一抹笑容

穿起戎装来
穿起这盔甲的雄浑
佩剑的鸣响
　拨动着年轻的心
心飞起来的时候
　是雄鹰
　　也是长天中的白云

出萧关
出玉门
不管它的笛声中
　有没有春风
一杯壮行酒饮下
催开肝胆
催开心胸

挥手从此去
此时　已投笔从戎
战马的呼唤是嘶鸣

战场的召唤是刀枪声
将军的呐喊是风起时的袍襟
战友的呼唤是一往无前的
　　奋不顾身

投笔从戎
远离战场的笔
　　只是一种文弱的沉吟
这里只有没羽的箭
　　只有黄沙百战穿金甲的沉重

风展红旗出辕门时
谁能看出
　　一马跃前为先锋的
　　　　曾是一介书生

史·诗

邱新荣历史抒情诗精选

蔡伦造纸

在这里是一种停顿
　　包括我们的心
　　包括我们的目光
我们无法走得匆匆忙忙
一张纸的平静
　　代表了造纸者更平静的模样

那些破布头和旧渔网
　　都升华在一只手上
一只让世界震惊的手
　　拎起了鲜丽柔美的纸张

文字的追随是后来的事
墨香的疯狂
　　也是后来的渴望
而这是一张纸
一次有面积的芬芳
光滑柔韧

舒展俊朗

这是一张帆的矗立
　　矗立在思想的海洋
文明的船将舞动船桨
　　将航程
　　　　驰向更远的地方

不去想墓庐的凄凉
不想秋草的枯黄
英雄的生命
　　早已留存在一张纸上
生命的延续
　　是赞叹
　　　　是我们的仰望

在欢呼胜利的时候
　　不去想战场
在醉罢狂歌的时候
　　不去想酒量
我们只想一张纸
想在静夜中
　　面对繁星的目光
想面对简牍的沉吟
想不达目的不罢休的痴狂

想被阉割掉的胡须
　　失眠　一直到天亮
想一张纸的飘动后
　　一次伟大的书写解放

不能不在这里停顿
这里有蔡伦造出的纸张

一件陶俑的舐犊之情

一条母爱的舌头所代表的情
　　超过任何言语
那种舐犊
湿漉漉的爱意
　　无条件地　从皮毛
　　　渗入到内心脾
斯时　幼弱的心
会是草原　开花
　　花香千里

不求回报
没有什么所需
只是呵护
呵护一个生命的长大
　　然后悄悄离去
从未有顾及
不顾及自己的年迈
哪怕是死

只是用乳房酿造乳汁
用一条舌头
　去亲近自己的肉
　　自己的生命所寄

会有雪落草死时
会有最终的离去
会有天各一方
也会有一个母亲
　安详地死在自己的孤寂
但　这条舌头不会死
这只乳房不会死
这永恒的情不会死
即使是陶俑的碎裂
　也无法碎裂记忆

我们的目光和记忆
　已经把一个形象
　　镌刻在最深的层次
千年的轮回过去
牛此时　人彼时
情是一种永恒的羁绊
你不来找我
我会去找你

在铜圭表上测量时辰

当那片影子伸展时
我们在铜圭表上
　看到了春分
水的溶解与丰润
　已发出了响声
萌芽整装准备起身
柳笛　会响在
　某个乡村少年的口中

夏天的影子
会在铜圭表上表现得更绿色
　更深沉
那些静夜
那些蚊虫
那些稻香和蛙鸣
　在铜圭表上的呈现
　　依旧是那样平静

秋天的池塘
　　被虾蟹肥满得
　　　　发出水的呻吟
金橘佩戴着金黄
　　融进了一风吹来的黄昏
大雁南飞
　　飞不过铜圭表的眼睛
一群猎豹的弓箭
　　走过铜圭表时
　　　　秋天　正定格在
　　　　　神秘的时辰

冬天的铜圭表
　　不是冬眠的熊
白雪的到达
　　并没有影响
　　　　它一丝不苟的眼睛
当湖面上的坚冰被凿开时
　　它会有一丝怜悯
它想　鱼应该游进暖暖的春

那片阴影
　　又停在了春风
我们的手从暖袖中拿出

去抚摸铜圭表的面容
铜圭表老了
　但它依旧四季分明

老官僚

老官僚诸事不管
只管自己的平安
唯唯诺诺间
是是非非间
好好坏坏间
老官僚永远是一张
　　圆滑的脸

天下久旱
　　与老官僚无关
天灾死人
　　与老官僚无关
父子易食
　　与老官僚无关
老官僚只求无事
早睡晚起
一日三餐
老官僚饮酒

饮自己满足的笑脸
老官僚抚琴
　抚自己的悠闲
边境告急
老官僚批一道奏章
上达下传
　却不提出自己的意见

老官僚普天之下
　只认一双眼
　权力的双眼
　决定命运的双眼
精心地盘算
送美人
送温柔的语言
只为官运亨通
　为了更大的升迁

老官僚在面对伤害时
　精明而又强干
及时拔出微笑中的剑
一剑出手
　百分之百地鲜血飞溅
收刀入鞘后
　老官僚会把一切

史·诗
邱新荣历史抒情诗精选

都收拾圆满

老官僚读书
只是寻找一种计谋
　　和手段
老官僚交友
始终以利益为先
老官僚在一生的推推搡搡后
　　心中　睁着警惕的眼
老官僚有所为有所不为地活着
　　长寿　而又康健

老官僚知道
　　每一个过程的不沾边
　　　或许　才能获得果实
　　　　获得结局的完善

范滂临刑

大地
　　应该刮起一场狂风
天空
　　应该堆满乌云
六月的天应该下雪
让雪掩盖淡淡的血痕

这是范滂临刑
临刑的范滂
　　依然自信道德的心胸
固执地相信
　　正义与邪恶
　　　　永远无法相容

儿子的手
　　痛苦地冰冷
充满矛盾的叮咛
　　其实　是对现实的痛恨

厚德载物
　　却载不动自己年轻的生命
读书传家
　　却传不下去一片忠诚
一顶罪名的飞来
　　使血液痛苦而又沉重
名士风流
风流在慷慨赴死的从容

可以不死　一逃
　　就逃进民间的草丛
可以偷生　东山再起时
　　也无损一世英名
但死是一个结局
是以一死
　　而挽救更多的生命
是以一腔热血
　　换取其他热血的青春

相信精神的永恒
更相信品质的坚硬
对刀的嘲笑
　　是英雄的一种本能
蔑视绞索
　　是懂得绳索的垂死

也会在不久的时辰

范滂临刑　却不知
　天杀英雄
　　是给一个时代制造空洞
无英雄的时代
　星星之火
　　即能将之送终

理解王符

官是一枚徽章
　可以很耀眼
官是一面盾牌
　可以抵挡风险
官有时候是皮囊
　可以装进一些钱
官是舞台的时候
　一些情节会出现
　一些起伏会出现
　一些结局会出现

王符不是官
是一介潜夫
　面对着绿色的菜园
白菜生长的声音
　听进了他的双眼
绿色　看进他的耳朵
　会形成某些观点

关于气关于道
关于神鬼的观念
　在他胸间
　　卓然成篇
潜夫的论点会高高突起
　惊动世人的双眼

平静的书桌
　在阳光下的慵懒
　　　并不代表笔墨的散漫
一碗静静的糙米饭
　有时会是高贵的体现
茶的世界里
　浸泡着没有心机的脸
字斟句酌的推敲过后
　一束目光的书写
　　　更直接　更会产生震撼

理解王符
理解他远离官场的冷眼
理解他面对权贵的傲慢
理解一颗心的高贵后
　那种对俗世的俯瞰
理解他冷峻的傲慢

理解他的那种无情的揭穿

不入官场的潜夫才有心灵的自由
不受羁绊的翅膀
　才会声震云天

赵壹不拜权贵

不拜权贵
是胸中的天地之气
　高贵而激昂
是相信自己的心
　及目光的力量
相信人格的站立
　才是人性的芬芳
自己　应该是自己的
　照耀和太阳

可以拜给一座山
　或翠绿的山冈
大自然的伟大
　令人神往
可以拜向一条河
　或河水的波浪
水世界的滋润
　是对生命无尽的滋养
可以跪向一颗伟岸的心

或一束慈祥的目光
心灵的高尚
　　会带来更多的幸福和吉祥

不拜权贵
是不拜那些阿谀
不拜营私舞弊
　　和虚妄
不拜那些利益纠合
　　和结党
不拜尔虞我诈
不拜热闹闹的
　　你来我往

谦恭地挺立
知道自己是一堵不屈的墙
温润地躬身
懂得平等真诚
　　才是善意地对待对方
目光与目光的平视
　　可以将眼睛
　　　　看到心上
居高临下的睥睨
　　或奴颜婢膝地上望
　　　　都会使人性
　　　　　　重重挫伤

卖爵　在西园

卖爵　在西园
西园　正以正确的名义
　　在卖官

一顶官帽的发放
　　会换来大堆的铜钱
铜钱的光亮
　　耀花了宦者的钱
无原则的攫取
　　使昏聩更加糜烂

郡守的帽子
　　其实是钱
是一个数目的耀武扬威
　　是一头饿狼
　　　　扑向羊群扑向草原
县令的帽子
　　也更是金钱

是惊堂木的胡作非为
　是棍棒在冤情上的
　　混蛋更加混蛋

西园在卖爵
官爵已无尊严
恶意的怂恿
　造成了大规模的肆无忌惮
贤与不贤
　取决于钱与不钱
智与不智
　钱　亦会分出深浅
钱币的响声是最终的决断
三更半夜的苦读不值钱
忧国忧民不值钱
这是西园
西园　有钱就有官

西园在卖官
无钱亦可赊欠
赊欠的刮刀奔赴民间
钱是法律钱是天
是非界限全无
根本目的是捞钱
有钱还赊欠
有钱　再买更大的官

十常侍　十常侍

十二张笑脸的柔顺
　　会使君王舒心无比
十二张蛮横的脸
　　也会使君王茫然无知
边疆十年征战
　　无如铺床叠被的功绩
案牍劳形的勤政
　　也不似端茶递水那样
　　　受到重视
十常侍　十常侍
十二双没有胡须的目光
　　左右君王
　　　左右政局
奸邪与无知的高高在上
　　令天下侧目
　　　正气萎靡

权力的腐败

和君主的荒淫无耻
　　导致谄笑和残暴的升起
一把拂尘的轻轻飞起
　　使荒诞不经成为合理
官员的升迁与否
　　来自阉宦的声音细细
赈灾钱粮的多少
　　取决于不男不女的哼哼唧唧
征讨兴伐的天下大事
十常侍谋略已定
失败了　也是胜利

十常侍敛财
　　起宅邸
　　　　高度可与皇宫相比
十常侍卖爵
　　卖太守官职
　　卖县令官职
金钱的响声横扫一切
此时　十常侍不管
　　江山社稷在哪里
　　　　民间疾苦在哪里
十常侍关心的是
　　钱袋的肥胖
　　　　与权力的颐指气使

顺我者　拔擢上去
逆我者　一刀杀下去

是刀与剑的愤怒而来
　　斩杀了十常侍
十常侍的血却在哭泣
它们不解
　　杀人敕令应该来自十常侍
　　无头的十常侍
　　　　怎么会自己灭了自己

史·诗
邱新荣历史抒情诗精选

张仲景

做不得良相便做良医
草药的苦口救人
　　正是匆匆接诊的张仲景
大地的草正在张望
救人　需张仲景善良的目光
　　做微温的药引

悬起衙门的牌匾济世
做太守
　　亦做医圣
理得清纷杂的民政
也摸得清脉络的动静
一碗猛药灌下
　　顽疾止
　　瘟疫停
丰收的年景与人体的无病
　　同出一手
　　　　同出兼济的张仲景

风流无双却不驻风流
英雄　从不认为自己是英雄

在潮红的脸上　一眼
　　而望出伤风
在颠簸的身影上
　　断然看出腹症
二指轻拢
　　摸得出脉滑时
　　　　体内的阴湿病
双目微合
　　听出一阵咳嗽后
　　　　肺病的来临

一支奏章的笔　更多地
　　在草药前停顿
草的芬芳带来了自己的药名
一味味药的入腹
　　冲击着虚弱的医圣
颤抖的手一直颤抖到天明
而药方的文字　如磐石
　　细分后
　　　　纹丝不动
《伤寒杂病论》
　　已基本形成

《金匮要略》
　　也立起了身影

张仲景在黎明前躺下
那些古方　非常珍贵地
　　出门　去诊视病人

孔融让梨的启示

三岁孩子的世界
或许　就是一颗梨
整个的付出与舍弃
无污染的心性
　亮光熠熠

我们已习惯于获得
喜欢金钱的累积
也计较于名誉
在太阳的温暖后
　又想月宫的凉风习习
仰望星星的光环
想　星星应该是宝石
　挂在脖子上
　　绝对瑰丽无比
在一条鱼面前
　想拥有整个水域
在鸟的鸣叫后
　想把所有天空

留给自己
心想事成的梦
　给心　带来太多牵挂和贪欲
喜欢玉树临风
喜欢明眸皓齿
喜欢让一件衣服的窸窣
　变得惊天动地

而今　面对的是
　孔融让梨
是不求回报的让
是无条件的给予
是一颗童心的天真
　以及没有私利

我们该在纷争前
　想孔融让梨
在抢夺前
　想孔融让梨
在非分之想前
　想孔融让梨

让我们从内心中
　拿出自己唯一的梨
　毫无保留地
　　让出去

428

《张迁碑》的担当

以宽博的气势
　　做男人的担当
在风雨袭来时
把宽厚的伞
　　举在所有人头上
没有荒淫放纵
只有平稳与慈祥
不做飞逸之态
　　矗立的脚　永不踉跄

以从容不迫的肝胆
　　做勇士的担当
在箭矢与刀剑前
　　将必胜的信念
　　　融进所有的目光
不存在退却
　　亦无半点惊慌
具有的　只是一种憨态

憨厚地站立成一堵迎风的墙

以纤柔的内秀
　　做女人的担当
在繁杂的日常中
　　把那种平静
　　　笑在所有的心上
没有烦躁和抱怨
也没有过分的张扬
只有一个背影的辛劳
只有呵护和女性的芬芳
从无占有的欲望
细碎的脚步
　　天天都闪闪发光

《张迁碑》的担当
是一块石头与笔触的
　　终极梦想
浑厚凝重的神情
　　在做着平静的扫荡
扫除掉轻浮
也扫除掉虚妄
平实留下来
朴拙会再度发光

《张迁碑》的担当
是一副臂膀
　　不知疲倦地高举着自己的主张

轻轻地　翻开《风俗通》

轻轻地　翻开那些物产
　和那些专用名词
看一本书的承载
看那些承载中所负担的日子
所有的文字都开始物化
物化后的文字有香味
　有颜色　有腾腾的气息

小麦和它的麦粒
　沿黄河沿长江铺展开去
渠水的清亮掘出了许多的渠
蛐蛐唱得忘情时
　忘记了自己是蛐蛐
水稻窈窕地穿着金黄色的外衣
　在雪白的羞怯中
　　把自己梳妆在绿水里
高粱点着的火
　几乎要燃烧了自己

黍米的风吹过　一波浪
　　推着另一波浪不断涌起
谷子永远是自我满足的谷子
低垂的头
　　是不争不抢的独自沉思

铜器们从绿锈开始
　　便珍贵无比
初始的光彩只是种记忆
斑斑驳驳后
　　声音　就成了
　　　　流行的行市
陶罐的静默
　　是色泽的另一种美丽
在居高临下的俯瞰后
　　才知道　最易碎的
　　　　是伤感的自己

习俗的红盖头
又在眉间
　　制造迷信和神秘
一张口的随意
　　竟是一群人他日不敢更改的礼仪
那些庄严的数字
　　被人为地扭曲

吉祥与凶灾
　以没有意义
　　表现它的意义
而那些颜色们
　也不背离本质
目光的感受被剥夺
　剩下的　是概念造成的主题

轻轻地　翻开《风俗通》
翻开那些工匠的汗
翻开那些农具
翻开一片市场
翻开场面中的踪迹
牛把自己拉成了距离
虎把自己吼成了气势
龙把自己舞成了风
凤把自己飞成了美丽
铁的出现
　是炉火永远的功绩
一座桥的跨立
　是破解河水的难题
驿馆在一碗酒后
　睡在自己困乏的梦里
车辙的伸展
　是去追赶远去的车子

轻轻地　翻开《风俗通》
翻开那些杂乱的整齐
翻开那些文字化了的物质
翻开一汪静静的小溪
（小溪里
　　是那条不翻自涌的
　　　金色鲤鱼）

史·诗

邱新荣历史抒情诗精选